心動宣言

倪小恩 著

目次

第一章

太陽垂釣在遙遠的東方，散發出的光芒耀眼地令人睜不開眼睛，一位個子約莫只有一百六十公分左右的女子，舉起纖細的白嫩手掌擋住那刺眼的光線，因為不適而稍微瞇起了眼睛。

暑假剛結束，氣溫是高達三十多度的高溫，若接近中午時刻，氣溫更會逼近三十五度左右，偶爾才吹來微弱的風，給予片刻的舒適後又立即迎來酷熱的感受。

悶熱讓她開始有點沒耐性了，但只能怪自己太早來學校。

今天是她來學校上課的第一天，昨天去學校完成報到程序回來後，她就開始緊張，夜晚入睡的時候甚至輾轉難眠，天還沒亮精神就好得很，腦子異常清醒，所以打算特地提早出門。

但所謂的提早到，真的太早到了，早到連校門口都還沒開，她站在校門口旁邊的警衛室等了約莫十分鐘，有位穿著警衛制服的老先生正睡眼惺忪地前來開門，看到她的時候愣了愣，語氣有點不太確定的說：「您是新來的老師嗎？」

「是的，您好。」她很有禮貌地朝著警衛先生打招呼。

警衛先生被她這樣的客氣給嚇到退了一步，擺了手，搔搔頭，「那個……老師，妳太早來了，要不要先去對面轉角的早餐店吃早餐啊？現在老師辦公室裡面肯定沒人，妳去也只會是空等。」

她想了想，說的也是，現在在這兒也只是一直空等，倒不如去吃早餐，雖然來之前已經吃過早餐了，但……好像還可以再吃第二份。

於是，她給了警衛先生一個微笑後，往對面轉角的早餐店走去。

學校對面轉角的早餐店是一家中式早餐店，櫃台處一大疊蒸籠冒著熱氣，熱氣如一層又一層交疊在一起的白色薄紗，煙霧緩緩上升，站在櫃台後方的人幾乎被這層層薄紗給擋住，這天氣已經夠炎熱了，加上這熱氣，她下意識往後退一步，看著蒸籠裡頭的小籠包，覺得這種天氣點熱騰騰的包子類根本是自虐行為，於是她點了份蛋餅跟一杯常溫豆漿。

點完餐點後她找了個空位置坐下，現在這時間點，才早上六點三十分而已，人並沒有很多，幾位穿著襯衫或是體面衣服的上班族經過、或是站在外頭等著餐點，這麼早的時間點比較不會看到學生，畢竟自己曾經也有這段狂傲的青春歲月，當時就算到了七點鐘，她可是還扯著棉被忽略那吵死人的鬧鐘聲，貪婪爭取那沒有意義的幾分鐘時間繼續睡。

因為等待餐點的過程中有點無聊，她悄悄觀察起周圍那些經過的路人，或是在等著餐點的路人。

她叫若允曦，是今年來這所學校任課的高中老師，主要是教英文。師範大學英文系畢業，在經過半年的實習訓練以及經過學校的獨招後，終於成為這所學校的正式老師。

此刻她百般無聊地觀察著店門口經過的那些路人，有的人聊天聲音很大，大到她幾乎可以聽清楚說話內容，有的人臭著臉經過，看起來好像剛剛很不情願地從床上離開似的，見狀她不免一笑，看來她今天是個早起的怪胎了。

不久，熱騰騰的蛋餅跟豆漿終於送上桌，她從自己的包包中拿出環保筷，正準備要開始享用的時候，一位長相清秀的男子站在她的對面，透露著如同暖風般的氣息，他很有禮貌的朝她點了頭，客氣地說：「不好意思小姐，可以併桌嗎？」

若允曦她這才發現周圍原先還空蕩蕩的位置已經坐滿了人，於是伸手將蛋餅跟豆漿稍微往自己的方向移動，她向他說：「可以，你請坐。」

「謝謝。」對方的聲音是好聽的。

這男子身上穿著一件乾淨的白襯衫，襯衫布料燙得很平坦，沒有任何一點皺褶處在，底下是黑色的襯衫褲，黑色頭髮稍微抓過，看起來整齊俐落，他的側臉稜角分明，眉宇間有股淡淡的柔意——只觀察到這邊，她便收回自己的目光，低頭看著蛋餅夾了一塊吃進肚。

心中不禁想著要是一直觀察下去，若被對方當作是怪人怎麼辦？

垂下的目光剛好看到他的修長手指，細緻好看，手指節節分明，很像是一雙彈鋼琴的手。

他低頭滑著手機，頁面明顯的是在看新聞。

這習慣跟她有點像，早上都會看新聞，不過她是用聽的方式，雖然在戴耳機的時候偶爾會被周圍呼嘯而過的汽車聲音掩蓋過，但至少對她來說能夠減輕眼睛的負擔。

男子的餐點很快的就送上來，她發現他點的東西不少呢！一份蛋餅、一份蘿蔔糕、一份不知道是什麼口味的薄片吐司還有一杯冰奶茶。

她心中非常幼稚地想著要不是自己已經有先吃過一份早餐了，否則她的食量可不輸他的。

當若允曦吃完最後一塊蛋餅，他正好從放置於兩人間的衛生紙包抽出一張衛生紙，隨意的擦拭嘴唇後，他將那張擦拭過的衛生紙揉成一小團，丟置在已經被他疊疊整理好的空盤子上，然後提起旁邊放置的公事包，起身去櫃台結帳。

過幾秒鐘後，收回注視他的目光，若允曦大口大口地喝著豆漿，一邊還是注視著周圍的人們，喝完最後一口後，她稍微整理了一下桌面，便起身去櫃檯拿出錢包準備要結帳，卻被老闆告知說已經結了。

「啊？」她有點愣住，想說是不是老闆搞錯了。

老闆看著手上的單子，再度跟剛剛收錢的店員做了確認後，一臉不好意思的說：「不好意思，新來的工讀生妹妹不知道你們是併桌，就一起向剛剛那位老師收了錢，而剛剛那位老師好像也沒有發現多收錢。」

「那怎麼辦？」她吃免錢的，這麼好？

「這沒有關係，那位老師是對面學校的老師，是我們的常客，若直接去學校找應該是可以找得到。」老闆看了她一眼，「小姐，妳是在這裡上班的嗎？」

她點頭，「我是今天第一天到職的老師。」

「這麼巧，那妳就直接去找那位老師就好了。」又來了一批客人，老闆丟下這句話後就忙著招呼客人了。

見老闆真的不再向她收錢，她只好默默離開，可是一間學校裡頭這麼多位老師，她能夠遇見他嗎？

而當若允曦她這樣想的時候，對面學校的鐘聲正好響起，她低頭一看時間，瞬間倒抽口氣！

下一秒趕緊拔腿就往校門口衝過去。

沒有想到原本以為今天會早到的她，竟然差點遲到！

由於肚子裡面塞了兩份早餐，若允曦非常飽足的摸摸肚子，只能說好險今天穿著有點寬鬆，以免被人誤以為是懷孕三個月的孕婦。

感受到周遭學生們對她投來好奇的目光，若允曦掛上了微笑走進校門口，跟剛剛遇見的警衛先生打招呼，接著往老師辦公室的方向走去。

走進導師室，屬於她的座位已經放置了一小箱昨天拿來的東西，她站在桌子前開始拆起箱子，拿出裡面的文具，並將文具一一的擺在辦公桌上或是放進抽屜裡。

筆筒、行事桌曆、空白文件夾、筆記本等等，其實東西沒有很多，不到一分鐘的時間她就整理妥當，望著手上這箱子，當若允曦正想著紙類回收處在哪裡的時候，旁邊座位的那位女老師來了。

「早安。」一名短髮及肩的年輕老師主動的向她打招呼，這位年輕的老師在她昨天來報到的時候就有見過面，叫林詩築。

「早。」若允曦泛開微笑禮貌地打招呼，林詩築坐下後便開始邊喝著咖啡邊吃起早餐，手迅速的滑著手機看。

辦公室裡面，早晨的陽光斜斜透過窗戶照進來，將辦公室裡一半的空間照亮，這暖暖晨光沐浴的光線中，一顆顆細小的塵埃緩緩飄盪，像個無方向的流浪孩子一樣。

當整理好文具後，若允曦在自己的座位坐下。

辦公室陸陸續續進來了一些老師，這間辦公室是屬於專任老師使用的，有些老師進來看到她會向她打招呼，但也有些老師是冷漠地經過，在座位上的她有點忐忑，雖然之前實習的時候就有不少的教學經驗在，但這可是她成為正式老師後的第一份工作，又加上是新環境，所有的一切都要重頭適應。

若允曦本身並不是低頭族，並不會無時無刻盯著手機看，也因此，她的目光看向窗戶外頭的走廊，再度開始觀察經過的人，有一些學生打打鬧鬧的經過，抱怨暑假怎麼這麼快就過完，有些老師緩慢悠閒的經過，嘴唇微嘟起，看起來像是在哼歌。

她的手托著下巴，一雙好看的眼眸好奇地盯著外頭，或是望著走進來的老師，她的眼眸炯炯有神，如同星子。

在轉頭的瞬間正好眼尖地看到林詩築正在用手機看韓劇，她眼睛一亮，雙掌拍了手，忍不住說：「這麼巧，我也有看這一部韓劇欸！」

林詩築先是被她的行為嚇到，但女人就是這樣子，遇上了共同的興趣就有共同的話題，忍不住就會開始聊起，三姑六婆的多嘴模式正式啟動，而這也是變熟的一種方式。

「妳也有看哦？妳不覺得池城超級帥嗎？」林詩築索性拔下一邊的耳機，因為興奮而沒有控制好音量，惹得她的聲音一瞬間流竄至整間辦公室，打破原先的寂靜，這不大不小的音量惹來周圍幾位老師的注目。

「對！而且這部韓劇在他出場的時候都會特寫，配上音樂跟節奏，簡直超——帥！」說著，若允曦雙手興奮地握起拳。

「對對對！我跟妳講件事情，我一直幻想自己未來的老公就是以池城為基準，人要溫柔體貼又愛妻，簡直是國民男神啊！」

若允曦笑了，手圈在嘴邊，音量降低，「我也是。」

「哈哈哈哈。」

兩人就像是老朋友一樣，一見如故，雖然跟林詩築聊著，但若允曦的目光偶爾還是會被外頭經過的人給勾走目光，她也不是特地在找誰，只是新來到這個環境，想多多觀察。

在林詩築向她推薦其他韓劇看的時候，突然間，外頭經過了一個男人。

他身穿白衣，就這樣從右側緩緩出現，在經過走廊的某一段路時，他的輪廓被那耀眼的陽光給弄了糊，黑髮像是撒上了陽光的金粉似的，閃耀動人，整齊的黑色秀髮，幾縷髮絲因為走動而飄起，看著這人的側臉，若允曦忍不住站起來。

「早餐！」她脫口而出，手還指著前方。

「什麼？妳要吃早餐？」林詩築被她站起來的動作嚇到。

「不是啦！剛剛……啊？走了？」若允曦想追上，但被熱情的林詩築拉住。

「要吃早餐我帶妳去合作社，妳應該還沒有去過合作社吧？知道位置嗎？我跟妳說，如果要去合作社，最好趁著現在早自習時間去，不然等等下課時間一定會被學生給塞得水洩不通。」

「不、不是，我不是要吃早餐。」她已經吃了兩份早餐了，天知道若再吃一份，原本三個月大的小腹豈不是要變五個月大了？她還單身未婚，可不想被誤認為是孕婦呀！

於是她解釋早上在早餐店裡的經過。

林詩築根據她的形容，思考了一下後彈一下手指，「啊，我知道妳講的是哪一位老師了。」

「真的？那妳可不可以帶我去找那位老師啊？這樣欠他錢我也挺不好意思的，感覺白吃白喝欸……」

「可以啊！走，也順便介紹妳幾位老師。」

「太好了，謝謝妳。」她由衷感謝，一個人到了這陌生的環境中，遇到一位熱情的人是多麼美好的一件事情呀！

「唉呦，道什麼謝啊？同事嘛！應該的應該的。」她俏皮地說：「答應我一件事，別跟我搶池城就好。」

「噗。」若允曦不禁笑了，好像池城這號人物就是他們身邊的男神一樣，但他只是一位遙不可及的韓星。

仔細想想，這應該是若允曦跟梁嶔哲在這間學校的第一次見面。

林詩築帶著她走進隔壁的高三導師辦公室，向她一一地介紹坐在座位上的導師，當走近梁嶔哲的座位時，他正低頭凝視著電腦螢幕，螢幕上都是允曦看不懂的日文，他蹙著眉深思著，連有人靠近他都沒有知覺，他撐起其中一隻手，這手的食指輕靠在唇上，薄唇抿著，在他身上的時間好像靜止了流逝，搭上那精美的臉孔，宛如雕像一樣。

當若允曦看到他桌上刻著屬於他名字的名牌時，她不禁瞪大眼睛愣住。

短短不到一秒鐘的時間，她的心臟頓時之間加快，她眨眨眼睛，要自己忽視這樣的感覺，但沒有辦法，心中那份喚起的記憶已經干擾到她的情緒了，然後她突然抓住林詩築的手腕。

「等等！我……我忘記拿錢了，我回去拿一下！」因為事發突然，她說完後趕緊跑開，逃離記憶被喚醒的當下。

而這個時候，梁崁哲從思緒中清醒，雙眸看著那跑走的身影，他望向林詩築，表情疑惑，「……妳找我？」

「不是我找妳，是新同事……不過她跑掉了。」林詩築說。

「我有長這麼可怕？」他摸摸自己的臉。

「搞不好哦！」林詩築向他開玩笑，惹來梁崁哲的無言。

若允曦回到自己的辦公座位，從包包裡面拿出錢包後，仔細回想著剛剛吃早餐的錢有多少，但那被喚醒的記憶卻像海浪一樣朝著她來襲，將她全身都浸泡在記憶之海中，強迫她想起那段高中的時光。

這世界是否真的很小？她竟然遇到了高中時期曾經在意過一段時間的學長！

想起高中那份青春，身上穿著純白整齊的制服跟黑色的百褶裙，介於未成年與成年的過渡期，而她的目光眺望著遠方的那個他……

搖搖頭，將這份可怕的記憶揮之而去，她做了幾次深呼吸後，拿起錢包再度回到高三的導師辦公室，遠遠就看到林詩築與梁崁哲兩人聊著天，在她走近的時候，林詩築朝她招招手。

若允曦要自己泛起微笑，這個微笑明明之前在家就對著鏡子練習過好幾次了，但她卻覺得自己笑得很僵硬，臉上的肌肉全部失去知覺。

「來，梁老師，我跟你介紹，這位是若允曦，是新來的英文老師。」林詩築替他們兩人介紹。

若允曦在心中默默感謝林詩築，讓她覺得面對梁嶔哲沒這麼尷尬。如果沒有想起他是誰，她可以很自然，但偏偏就是想起了那份已經遺忘很久的記憶，使她覺得有點不自在。

「你好。」梁嶔哲朝她點頭，淡淡笑起，黑眸中的光點像黑曜石的閃爍。

看著這眼眸中的笑意，澄清透明的像是清晨的空氣，暖得像晨光一樣，若允曦心中更加的確認真的是記憶中的那個他。

但她怎麼會忘記他的名字呢？

因為時光的流逝，人生的記憶就像是大衣櫃一樣，不斷地放進新的衣服，將舊的衣服遮蓋過去，久之就這樣再也看不到很久以前的記憶，而在某天突然看到那件舊衣服的衣角，好奇伸手用力一扯，就這樣將這份記憶通通給扯了出來。

當看到那件衣服的時候，所有的記憶接踵而來的重新被喚起。

若允曦看向辦公桌上面的牌子，上頭寫著屬於他的名字。

……沒有錯，這個名字，曾經深深藏在心中某個角落，這下子，又喚了出來。

那些記憶，就像是在看別人的故事一樣，當時的那些情緒已經不存在，不論曾經是那麼的激動或是高亢緊張，如今平平淡淡的，彷彿是深山中的一潭死湖，湖面上沒有任何的漣漪，非常平靜的像鏡面一樣。

這突如其來的巧遇，讓若允曦有點措手不及，經過幾分鐘後，若允曦的心情已經平復，她也回以淡笑。

「梁老師，早上的時候早餐店老闆不小心把我的錢算在你那邊，所以向你多收了錢，這部分我得還給你……」

「原來早上是妳坐在我對面？」他蹙眉，表情看起來好像忘記了這件事。

「呃，對。」看著他手上的那枚尾戒，她確定自己並沒有認錯人。

他眨眨眼睛，「好像真的有這回事，但我當時沒有注意到，不過這是小錢，就當我請妳吧。」

「……」這一時之間她不知道怎回什麼話，尷尬兩個字朝她的臉上襲來，她愣在那裡。

「梁老師，這麼好，那我也要，見者有份啊！是不是？」林詩築說，她也看得出來若允曦臉上的尷尬，想藉此炒熱氣氛。

「可以啊！明天六點四十對面早餐店見。」梁崁哲倒是很大方。

這惹來林詩築的抱怨，「太早了吧？我那時候還在等公車欸！」

「想吃我請的早餐就得配合我的時間。」他說。

「你可以外帶給我啊。」

「我這個人不喜歡外帶食物，而且妳想想，外帶就會多浪費一個餐盒，多一雙免洗筷，多一個塑膠袋，妳對得起北極熊嗎？」他正經八百的說著，這讓若允曦不自覺笑了出來。

看來她遇到了環保同好者，想起早上在吃早餐的時候，梁崴哲也是拿出自己準備的環保筷。

結果就這樣莫名其妙被請了一頓早餐，可對若允曦來說，無緣無故被請吃東西有點怪，更何況兩個人也不熟，還說不上是朋友，所以她打算回個禮，或者是……請他吃一次早餐也好。

今天是學校的開學日，下課時間夾雜了許多學生不同的情緒反應，有些人哀怨、有些人期待、有些人興奮，看著那些可愛的學生，若允曦也回想起自己還是高中生的時候，對於漫長的暑假她一開始是期待的，但放了一個月後就無聊的發慌，很想要快點開學，可是一到開學的時候又想回到那可以睡到自然醒的日子。

學生這詞對她來說已經很遙遠了，如今她再也抓不住那段時光了，宛如彗星一樣，咻得一聲匆匆飛逝，就連彗尾也無法抓到。

下班回到租屋處，若允曦吃完飯後開始翻著抽屜，當時搬到這間租屋處的時候，她有帶著一本珍藏的手帳本，從高中使用到現在，裡面放了很多張照片，偶爾的時候她會拿出來翻一翻。果真沒有多久，她找到了梁嶔哲高中的照片，那時候她是跟一位在社團認識的高三學姐借畢冊，接著用拍立得將梁嶔哲的身影給拍攝下來，而這張照片就這樣一直被她珍藏著，直到現在。

記得高中時候的她，因為不小心撞見了他，所以在高中一年級的那一年，她時常想著這位學長，想像著若他向前來跟她說話，她要說什麼話才好，想像著若他們再次偶遇，她要說什麼話才好。

在高中的這段青澀時期，她有許多的想像，然而，始終提不起勇氣主動再度去與他說上一句話，連一句話都沒有。

而當初這一份淡淡的在意與喜歡，就這樣隨著時光淡卻了。

隔天，若允曦特地在六點四十分準時出現在轉角那間早餐店，看能不能偶遇梁嶔哲，心中打算靠著這份自己製造出來的相遇，來回請他早餐。

這樣的行為連她自己也覺得很不可思議，怎麼會有這種大膽的想法？

怎麼有點像……拿著準備要給對方的情書，默默地出現在對方會出現的地方等待著，期許他會以她期待的帥氣模樣出現，然後自己再鼓起勇氣的去跟他說上話，接著再將手中的情書交給他……

「小姐，鮪魚蛋餅跟常溫豆漿來了！」店員打斷她無意義的幻想，她乾笑地對店員點頭。

不自覺地敲了敲頭，不知道是不是因為回到了高中校園，讓她情不自禁地像高中時期的她，開始做些無謂的幻想。

那些幻想現在想起，真的覺得當年的自己有點蠢。

原本還以為自己會遇到梁崁哲的，沒想到這頓早餐吃完後都沒有看到他的身影，結帳的時候老闆還記得她，問她說有沒有找到昨天那位老師。

她笑著點頭，閒聊幾句話後就離開早餐店。

今天的天氣還是一樣熱，光是站在斑馬線等待紅燈而已，額頭就凝出了汗水，她伸出手背壓了壓，將那些汗水撇掉，跟著周圍的學生一起走進校門口。

當走進辦公室的時候，已經有人先開啟了冷氣，辦公室內簡直是另外一個空間，空氣帶點涼意，趨走外頭的酷熱，若允曦坐在位置上，休息了幾分鐘後開始整理起今天上課會用到的講義，今天可是她第一天上課，她得準備充分才行。

撇過頭剛好看到林詩築與梁崁哲兩人並肩在走廊上走著，見到這畫面，若允曦有點發愣，她看到對著梁崁哲揮手後走進辦公室的林詩築，梁崁哲也在撞見若允曦的那瞬間朝她點了一下頭，接著往前走著，回到他的辦公室。

「早安啊！」林詩築很有朝氣地對她打招呼。

「早。」她目光看向對方手上拿著的早餐店豆漿，一時之間想開口問，但卻又在下一秒覺得這問題很冒昧，於是就沒有開口問了。

剛剛有一瞬間以為他們是一對情侶，但看到林詩築對梁嶔哲的稱呼，以及兩人之間即便很有話聊但還是保持著距離，這看起來就不是情侶了吧？

等等，她這是在意嗎？她又幹麼要在意？

「我剛剛在早餐店遇到梁老師，猜我做了什麼？」林詩築搖搖手上的豆漿說。

「趁機敲詐？」她挑眉，讓林詩築笑了笑。

「這哪叫敲詐？哈哈。」林詩築說：「就剛好在早餐店遇到、剛好站在他身後、剛好跟他點的東西是一樣的，所以──」

「所以妳趁機敲詐？」她又說一次。

「哈哈哈，這叫剛好。」

若允曦將目光抽回放回桌上的講義，翻了翻等等上課會用到的課本，見她在備課，林詩築也不再開口打擾她。

鐘聲響起，若允曦拿起課本、講義跟麥克風往某間高一的班級進去，原本吵雜的學生在看到她出現後瞬間安靜，每個人都睜著眼睛好奇地看著她。

「你們好。」若允曦對著台下的學生們微笑，「我是你們這學期的英文老師。」說完，她在黑板上面寫上自己的中文名字跟英文名字。

「在課程開始前，我想選一位英文小老師，上課前來辦公室找我拿麥克風跟講義，若有小考的話協助我登記成績。」她對著大家微笑，繼續說：「為了獎勵這位小老師，我在學期總成績會加上五分。」

說完，果真有學生舉手自願，總共兩位，經過全班的投票後，若允曦的英文小老師是一位看起來乖巧的女生。

之後，她便開始上課。

一個小時後，課程順利結束，有幾位男同學上前跟她說上幾句話，甚至有學生跟她要社群的帳號，但她雖然有帳號，可是並沒有在玩那些社群媒體，於是紛紛婉拒他們的熱情。

社群媒體對她來說就是分享自己的生活，但她並沒有這個習慣，而且上面每個人所分享的都是美好的一面，這更加顯得虛假，在網路上那些人彷彿戴上了面具，講出來的內容虛實的比例各占了幾分，她不了解也不想了解，因此她不是很喜歡使用社群媒體。

新選上的小老師協助她一起把麥克風拿回辦公室放好，若允曦想盡量跟小老師打好關係，不想讓這位小老師誤以為她是個不好相處的老師，於是簡單跟她聊了幾句，當兩人抵達了辦公室後，她跟小老師交代了幾件重要的事情。隨後，小老師離開辦公室。

她離開後，若允曦走到洗手台那，打算將手上剛剛沾上的粉筆灰洗掉。

低頭看著粉筆灰卡在她的指紋縫中，需要用力搓洗才能洗乾淨，這一片刻，她想起高中時期時常拿起粉筆在黑板上寫字的她，好像有個曾經，當她站在洗手台面前洗手的時候，梁欽哲從她身後走過，而她是在他經過後，才敢凝視他那離去的背影。

光是他的背影，在那時候就抓住她許久的目光，宛如清晨時停留在葉緣上的透明露珠一樣，純粹又亮眼閃爍，讓人遲遲都離不開目光。

彈了手指，上頭的粉筆灰被她彈掉一些，指頭稍微地用力搓了幾下，若允曦拿起洗手台上的肥皂，搓了搓，搓出泡沫後轉開水龍頭將手給洗淨。

然而，腦中的這些高中記憶並沒有跟著被洗淨，反而逐漸清晰，有時候出現的畫面甚至讓她懷疑那到底是真實發生過的，還是只是她那時候無謂的幻想？

第二章

若允曦在高中一年級開學的第一天就在校園中迷了路，她背著新的黑色書包，眼神慌張地東張西望，找尋著出口。

這所高中是一所完全中學，國中部與高中部就緊鄰在隔壁棟，而她誤闖了國中部的教室，卻怎麼繞也繞不出來。

當下好像可以感受到周遭那些國中生的好奇目光跟恥笑，她緊抿著唇，在教室與教室之間不斷地看著，求救的訊號已經在她的眼眸中釋放，可是她不敢上前詢問任何人，而也沒有人上前幫她。

直到一聲好聽又有磁性的聲音響起，「學妹，妳找不到教室嗎？」

一位身穿高中制服的男生朝著她走來，他的面容俊俏，長相斯文，幾縷瀏海垂吊在他的額頭上，看似蓬鬆柔軟，漆黑的眼眸宛若一顆黑寶石，映著上頭的陽光，瞳孔中有著一點光亮在，微挺的鼻子下是線條精美的唇，這唇此刻正開開合合地吐出好聽的聲音。

「是高一新生吧？」見到她身上那件還沒繡上學號的制服，他猜測。

若允曦點頭，目光無意識地看向他繡在制服上面的名字，看來是位學長。

「我剛送我國中的弟弟來教室，走吧，妳是幾班的？我帶妳去教室。」

也許是因為那天的陽光太耀眼，他的笑容顯得好燦爛、好迷人。

望著這燦爛的笑容，她瞬間心跳加快了幾秒鐘，垂下眼簾，要開口說話卻發現自己因為太緊張而聲音都被鎖起，好像有根針堵在她的喉嚨那，她輕咳了幾聲，但發出的聲音卻難聽的讓她好想找個洞躲進去。

「咳……咳！我、我在四年四班。」由於學校是完全中學，所以高一的班級是四年級，而不是一年級。

「我知道位置，跟我來吧。」梁嶔哲笑著指向某個方向，他帶著她走進剛剛她經過而沒有走進的迴廊，穿過這短短的迴廊後，就是高中部的班級了，若允曦心中覺得自己真是蠢到無法無天，明明這麼容易就繞出來了，怎麼剛剛在國中部就像是進了迷宮一樣怎麼繞也繞不出來？

「樓梯上去左轉就可以看到妳的班級了。」他停在樓梯口，轉頭回眸看著她，髮絲因為風的關係而飄動，身上的白色制服也因為風的關係而微微貼住他的身體。

「學長，謝謝你。」她看著他，細小的聲音從嘴裡發出，一瞬間雙頰發麻，淡淡的粉色在她臉頰上綻開，就好像開了朵花一樣，也許是因為他此刻的溫柔體貼，柔得像水，也或許，是因為此刻陽光強烈的照耀也說不定。

聽到她道謝，他笑了，這爽朗的笑聲更讓她臉頰發麻到極致，他擺擺手，「小事情。」

這一天，她進入高中第一個記住的名字不是班上的同班同學或是導師，而是這位學長。

梁嶔哲這名字實在好聽，那時候很快地就讓她記在心中，宛如刻骨銘心。

因此，第二次見到面的時候她很快就認出對方來。

那時候，距離開學已經經過一個多月的時間了，是他們高中的第一次段考，考到全年級的前五名都會上台被表揚，並頒發獎狀跟禮卷，而梁嶔哲就拿取了高三的第一名。

遠遠地在台下看到他那高挑的身影，若允曦呆愣著。

原來學長他這麼厲害啊……

當時她還問了自己一個不知道答案的問題：不知道對方還記不記得她？

想起在開學那天不小心在校園中迷了路，這件事情只要一想起來就覺得自己真是蠢得可以，若對方記得她，肯定也會跟這一件蠢事聯想在一起，她一方面不希望對方還記得這件蠢事，但一方面卻又希望對方能夠記得她，這樣矛盾的心態也弄亂了她的心湖，濺起不少漣漪。

偶爾在經過榮譽榜的時候，她會凝視著他的名字，心中悄悄地以他為目標，希望自己能夠有一天也能達到全年級的前五名。

若允曦的成績在班上只是中上而已，光是能拿到班上的前五名就有點難度了，更別說是全年級。但她不斷地努力再努力，直到真的站上了台上領獎，但學長也早就畢業了……

某次在辦公室休息的時候，若允曦突然想起這份記憶，嘴角不禁泛起微笑，高中那段青春的歲月中，她曾經以他為目標前進，但這個當事人一點都不知情。

「允曦，妳笑什麼？」她的微笑被一旁的林詩築看到。

若允曦說：「看到這群孩子們，會不自覺想起自己高中的時候，有點懷念而已。」她的手握起馬克杯，裡頭是溫開水。

「經妳這麼一說，我也好想回到我高中時候喔！」林詩築邊說邊伸展筋骨，「那時候我暗戀著我們班的班長，但就是提不起勇氣跟他告白，我整整喜歡他喜歡了兩年都不敢說，加上那時候課業繁重，重心都在成績上面，最後就不了了之，畢業後也沒有聯絡了……」

「如果回到高中，妳會想告白嗎？」若允曦問。

林詩築凝視著她，眼眸中散發著自信，這份自信也是她高中時期缺乏的。

若她當時在走廊上偶遇到梁嶔哲的時候，勇敢且自信地跟他打聲招呼，說聲學長好，他們那時候會不會有不同的結局？

會不會就此變成了朋友？而不是陌生人呢？

她想，高中時期的梁嶔哲早就忘了她的存在了，畢竟只是個開學迷了路的小學妹，是他人生中匆匆閃過的過客，停留在他腦中也只有短短的幾分鐘而已，他會記得她才怪。

林詩築回答她：「我會告白，不論答案是什麼，至少我說了。」

若允曦看著她，眼神變得有點崇拜跟羨慕。

「如果是妳，妳不會嗎？」她反問：「妳高中有喜歡的人吧？」

若允曦的腦中閃過高中時期的梁嶔哲，她愣了，對他，那情感說不上是喜歡，但卻是她在滂沱青春中在意過的人。

她搖頭，「不算喜歡，就只是在意而已。」

「在意？什麼意思？」

「只是希望他會記得我。」她垂下眼簾，覺得遺憾。

「啊？對方失憶了嗎？」經常看韓劇的緣故，林詩築的腦中自動導向失憶這種偶像劇才會出現的戲碼。

若允曦搖搖頭，「不是，是因為我跟他相遇的時間只有短短的幾分鐘，妳想想，若有一個人只出現在妳面前短短幾分鐘的時間，經過幾個月之後，妳還會記得對方嗎？」

林詩築想了想，「如果當下是有什麼深刻的事情發生的話，我會記得對方的。」

但偏偏當時她在校園中迷路，這只是平凡生活中的小事情而已啊……

若允曦失笑，林詩築追著問：「對方是誰啊？」

「一個學長。」她回答。

「所以那位學長不記得妳？而妳希望他記得妳？」

「嗯。」

「為什麼啊？」

林詩築的話讓若允曦她一時之間迷茫了，她是希望梁嶔哲能夠記得他，但是為什麼呢？為什麼會希望他能夠記得她？

「啊？」

林詩築看著若允曦，嘴角有著弧度，她微微一笑，雙眸中好像裝進了璀璨星空，「通常希望對方能夠記得妳，不就是因為希望對方能在心中留一塊屬於妳的位置嗎？」

這句話也震了若允曦的心裡深處，她抿著唇，喜歡的定義好複雜好難形容。在年少時期她的目光總是會在校園中無時無刻尋找著那身影，找尋不到會一次又一次的失落，找尋到了，光是遠遠地看上幾秒鐘，心中就滿足，就像小孩要到糖吃一樣地雀躍。

若真要說，那時的情感算是喜歡的一種吧？

這節課結束，英文小老師幫她先把麥克風拿去辦公室放好，她則留下來解決一些學生上前問的問題。這當中竟然有一位學生在高一的時候就開始準備升學考試了，為兩年後的自己做衝刺，這位學生拿著一本補習班的英文參考書來，問的問題有點多，而且有的還超過了目前的教學範圍。

當這名學生問完的時候，上課鐘已經被敲響，而下一位課堂的老師已經在門口那等待，離開教室時的若允曦有點抱歉的看著那位老師。

那位女老師微笑搖搖頭，要她別在意。

若允曦手抱著英文課本腳步緩慢地往辦公室走去，剛剛撞見那名認真的高一同學，讓她不禁想起自己高一的這時候還處於怠惰的心態，也許是因為升高中的暑假還沒有收好心，上課的時候總想著等等午餐要吃什麼，或是想著等等下課要做什麼，而下課的時候則想著放學要去逛的地方可以有哪些。

要不是在高一段考結束沒有多久的升旗典禮看到梁嶔哲上台領獎，恐怕她還是會一直怠惰下去吧。她這麼想著。

「嗨，若老師。」梁嶔哲的聲音在她後頭響起，下一秒便出現在她的左側。

若允曦不敢置信地瞪著對方，怎麼腦中才剛剛想到高中時期的他，他人就出現在她面前了？

「被我嚇到了？」看到她一臉吃驚，梁嶔哲笑了幾聲。

若允曦趕緊回過神，扯著笑容，「沒，梁老師也是剛上完課嗎？」

「對啊！我剛剛去我帶的導班，順便唸了學生幾句，明年就要考學測了，他們看起來好像都沒有警覺心。」他將手上的課本捲起，她看到那是本歷史課本，腦中同時也想起了當時在他的辦公桌上看到幾本歷史書疊放在一邊。

「學生們的心還沒有收回，畢竟才剛放完暑假，加上高二升高三的暑假又有暑期輔導課程，他們真正的暑假只放了兩週的時間，當然沒有什麼警覺心在了。」她說。

「所以我才挺苦惱的啊。」

若允曦看著他，他表情失笑，看起來倒也沒有遇到什麼可以讓他苦惱的事情在，不，應該說梁嶔哲這人給她的感覺就是這樣子，不管遇到什麼糟糕的事情，都會笑著去面對。
當然，這只是他給她的第一印象，事實上他是不是這樣子的人，她並不知道。
「若老師，妳為什麼喜歡英文？」梁嶔哲突然問。
「因為……英文是國際語言，感覺會常常用到吧？」她說了一個連自己都很難被說服的理由，當初在選大學的時候，她的英文成績滿分，加上不排斥英文這科目，就選讀了英文系，而在大二的時候開始跟著一位未來想當老師的同學一起輔修教育學分，人生的道路就這樣莫名其妙被牽著走，路途雖然也會有艱辛的時刻，但也挺過了，造就了現在的她。
她的這理由讓梁嶔哲笑了笑，聽到這爽朗的笑聲，若允曦覺得這笑聲她好像聽不膩。
時光好像瞬間被拉回高中時期，她徬徨地在校園中找著路，而他的出現解救了她。
「那你呢？為什麼喜歡歷史？」她好奇地問。
「我在小學的時候就很喜歡閱讀一些歷史故事了。」梁嶔哲的聲音響起，他將那捲起的課本攤平，在她面前隨意的翻了幾頁，若允曦發現上頭沒有任何的筆記在，不像她的英文課本中，每一段話若有特定的文法出現，她都會畫線標重點，甚至把一些英文單字的同義詞跟反義詞註記在旁邊，讓學生們可以舉一反三地活用這些單字。

梁崁哲手上那本歷史課本的內文都沒有被他畫上任何重點，但在空白處反而被畫了一些簡單的塗鴉，仔細看這些塗鴉跟內文又有很大的關係在，他將內文的人事物都畫成火柴人，搭配箭頭跟幾個字，呈現整篇內文的重點。

「任何事情的發生，一定都會有前因後果與先後順序，所謂的歷史故事就是過去那些人的故事，而這些故事被後人一一記錄下來，讓後代子孫眾所皆知，我小時候就挺喜歡看別人的故事，因為覺得很有趣。」

若允曦看到梁崁哲說話時神采奕奕，他整個人都好像在發光一樣，一時之間她有點失了神。

最後連她怎麼跟梁崁哲道別走回辦公室的都不知道，若允曦坐在座位上呆愣著，雖然翻著英文課本，可是她沒有在讀，平靜的心湖剛剛受到了影響，漣漪一圈又一圈的泛開，輕顫著內心深處。

他還是跟高中時期一樣，耀眼地不可思議，那麼不經意的小動作就可以抓住她的目光，影響她的心情。

或許就是因為，他曾經是她的初戀吧。

若真的如梁崁哲所說的，什麼事情的發生都會有先後順序或是前因後果，那這就是她對這件事情的合理解釋了。

若允曦在大學時期有談過一次戀愛。

那時候的她是與系上的直屬學長在一起。在大一開學沒有多久就認識了當時是大三的學長，兩人相談甚歡，漸漸地有時候會一起約吃飯，學長也會帶她到處玩，最後學長展開追求，她就這樣談了一年多的戀愛。

兩人會分手是因為學長畢了業要回到南部去，如此一來就一個在北、一個在南，而若允曦不想要遠距離戀愛，因此決定和平分手。

雖然分手，但並沒有斷了聯繫，偶爾還是會連絡關心彼此的近況。

想起前男友這個角色，若允曦打開與對方的通訊軟體，發現他上面的大頭貼更改了，新的頭貼是他跟一位女生親密臉貼臉的合照，她猜想是他現在的女朋友。

愣了幾秒鐘後她關上螢幕，也順道關上了這份回憶。

若允曦強迫自己打起精神專注於自己的課程中，偶爾林詩築會跟她分享趣事，兩人會閒聊一下，接著又埋頭做起自己的事情。

過了一會兒，一位專任老師出現在她們面前，「嗨，兩位老師，打岔一下。」

若允曦與林詩築紛紛抬起頭，兩人都是一臉納悶。

「悅澄姊，什麼事啊？」這位叫周悅澄的老師是教地理科目的，為人看起來很和善。

「有幾位老師約好下週五的下班後要一起去居酒屋小聚一下，兩位要不要一起來，就當作是迎新會。」說完，她看了若允曦一眼。

「迎新嗎？好啊！允曦，一起去吧！妳可是主角欸。」林詩築說。

「好啊！我可以。」她笑著說。

這新的學期學校總共有三位新進的老師，其中一位就是若允曦，若她拒絕不去，好像有點說不太過去。

當周悅澄離開後，林詩築才跟她提到說偶爾大家下了班會一起去居酒屋聚餐，通常都是選在段考的前一週或是後一週，每次相聚雖然都會有各種不同的理由，但目的都是放鬆心情。

若允曦點點頭，心中想著或許可以利用這時機而跟其他同事混熟也說不定，來到這裡一個多月，雖然每位老師她都已經記住名字，但真正說上話的沒有幾位。

只是如果當下就知道那天會發生的事情，恐怕她打死都不會去了。

經過那天，完全改變了她與梁嶔哲之間的關係……

屬於梁嶔哲那爽朗的聲音一陣一陣挑撥起若允曦那深處的記憶，雖然她表面上都是鎮定的模樣，可是內心實在混亂。

最後她開始責怪自己的記憶幹麼這麼好，沒事想起高中的梁嶔哲做什麼？況且對方根本就不知道她，唯獨只有她有這一份記憶在，怎麼說好像一點意義也沒有。

但是她太常把高中的梁嶔哲給從記憶深處叫出來了，而現在又遇到梁嶔哲本人，過去的時間不斷地衝擊她，這實在有點困擾到她。

若當時打開記憶衣櫥的時候，不要把那整件記憶抽出就好了，也不會讓高中的梁嶔哲像海浪一樣朝她襲捲過來，而且一次又一次的，影響至深，讓她有點懊惱。

「詩築，妳有沒有被過去的記憶困擾過？」她問。

「怎麼說？」

「可能是因為上次講到高中的事情，最近腦中一直想起高中的記憶，讓我有點煩……」若允曦摸摸自己的太陽穴，看起來真的很煩惱。

林詩築歪著頭，「是不好的回憶嗎？」

「……沒有到不好。」

有份記憶片段是這樣的，高中的梁嶔哲與一名學姊在走廊上並肩走著，談笑風生，兩個人美好的看起來好像一幅畫一樣，但這幅畫對若允曦來說實在太刺痛，她記得當時高中的她是帶著失落的心情離開的。

每次的轉身就走，每次的逃離現場，但這每次的離開，對方都不曾注意過她的存在。

她的初戀，只是個單戀罷了。

一個小小無名的學妹在意著成績優異的學長。

「既然沒有到不好，那為什麼會困擾妳啊？」林詩築問，眨眨眼睛。

「就……」算了，若允曦真的不知道怎麼解釋這件事情，她也不想要讓林詩築知道她高中的初戀對象就是梁嶔哲，若她知道了，多怪啊！加上她跟梁嶔哲之間又不錯，深怕她一不小心脫口而出，造成尷尬，那可就慘了。

尷尬就好像是廚房壁上那難清的層層油漬，一日又一日的油煙層層堆疊形成油垢，就算清洗了也難以真的抹得乾淨澈底，還是會留下一點難以清洗的痕跡在。

加上是要長久相處的同事，若有著不自在，那她還真的不知道怎麼相處。

「就什麼啊？說話說到一半，我聽不懂欸！」林詩築蹙眉。

若允曦搖搖頭，「沒事沒事，是我自己鑽牛角尖。」說完輕吐了口氣，要自己別再想了。

有過去與現在，就會有回憶的存在，所以若允曦實在非常討厭歷史這門課啊！

經過一個星期的時間，來到了老師們相聚的這一天。

最後經過統計後這場聚會總共有八個人參加，包含了若允曦跟另外一位新進老師，這位新進老師叫李瀅海，是教化學的，而另外幾位就是林詩築、梁嶔哲、周悅澄跟另外兩位男老師。

這一天若允曦特地穿了長裙，她習慣在有聚會的那天會稍微打扮自己，於是穿了一件最近買的紗裙，粉色紗裙搭上黑色雪紡，這樣的打扮甚至在上課的時候被學生們揶揄著晚上是不是要去約會，她笑著說絕對沒有，下一秒便要他們把重心放在自己的英文小考成績上，而不是放在老師的八卦。

「若老師，說到男老師，我覺得歷史老師梁嶔哲老師好帥！」有一位高一的女同學說著，這讓若允曦瞬間無言了好幾秒鐘。

這男子的魅力怎麼會燒到女學生上了？

若允曦這才想起這個班級的歷史課好像就是梁嶔哲教的，見班上的學生開始起鬨，她拍手出聲，要大家別太八卦，雖然自己在高中的時候也曾經八卦過，那時候與身邊的女同學不是討論起偶像明星，就是討論著自己的班導師跟其他女老師之間的曖昧。

她也曾經青春過，當然懂這些學生們在想什麼。

「我記得我有說過，小考不及格的要罰寫二十次。」她說，一說完，全班一陣哀叫。

「老師妳好漂亮！就像天使一樣。」

「老師我可以幫妳介紹男友，我那出社會工作的堂哥長相媲美韓國明星。」

到底是哪來的消息知道她是單身，而且有在迷韓劇？下一秒腦中就想到林詩築，若允曦無言了幾秒鐘。

「不管，我說要罰寫就是要罰寫，誰叫你們不好好背單字，罰寫二十次我保證你們記起來。」她語氣堅持，學生們只好紛紛安靜下來。

這堂課結束後，若允曦搗著頭離開教室，覺得現在的學生們各個人小鬼大的好難應付，若能把這份聰明用在課業上就好了，這樣老師們就不會再因為學生的成績而頭痛了。

看著一張一張悽慘的英文小考考卷，滿江紅的成績讓若允曦抿著唇，沉思著。

她因為沉思地太投入，五官都皺在一起，一點都沒有發現隔壁的林詩築一直盯著她看，也沒有發現梁嶔哲人走到她身邊歪著頭看著她，更沒有發現已經快到聚餐的時間了。

若允曦想起自己高中的時候，她是因為期許自己像梁嶔哲一樣成績優異才開始用功讀書的，雖然這個理由現在想起來覺得有點不可思議，但總算是讓那時候的她有個目標前進。

一味的處罰好像沒什麼用，或許幫學生們訂下目標會比較好。

想通的時候她回過神，看到林詩築與梁嶔哲兩人在身邊聊天，她愣了一下，歉意地說：「抱歉，你們在等我嗎？」

「是啊！在等妳，想什麼事情想這麼久啊？」林詩築說。

「沒事了。」她將那疊考卷摺好放在一旁，拿起包包。

梁嶔哲眼尖的看到那考卷上的成績，低聲問：「妳在替學生的成績煩惱？」

「嗯。」若允曦扯出笑容，「我們走吧。」

於是三位老師從辦公室魚貫而出，其他幾位老師已經先行前往店裡，只剩下他們三個人。

當抵達店裡的時候，其他人還在角落的位置那，並且都已經點好了餐點，他們三位入座後又加點了一些料理，也由於他們三個人比較晚到的關係，座位安排是若允曦與林詩築兩人坐在一起，而梁嶔哲則是坐在若允曦的對面位置。

「晚到先罰三杯。」周悅澄為他們三位各倒了杯酒，並把酒送到他們面前。

「好，就這樣一二三，三杯就好。」梁嶔哲指了自己手上的酒，還有若允曦跟林詩築桌上的酒，數到三後直接仰頭開始喝。

若允曦看到他這樣的直接，雖然有點被嚇到，但今天大家會聚在這裡就是為了解放壓力，於是她也拿起酒杯仰頭喝了起來。

「天啊！允曦，妳好酒量啊！」林詩築說完也跟著喝。

「也沒有……」

說到酒量，她的酒量可差得很，通常沒幾杯就醉了，但今天她不想克制什麼，也不想矜持什麼，擾人的事情太多了，不僅是學生的成績，還有那些一直無端跑出來的高中回憶，經常讓她的思緒混亂到像是打亂成結的毛線團，一想到這，下一秒她那空酒杯立刻被人倒滿。

此刻，香噴噴的菜色也送上來，看著那些令人垂涎三尺的菜色，搭上居酒屋裡頭黃澄澄的燈光，那食物閃爍著光澤，看起來更加的美味。

幾位老師邊吃著菜、邊喝著酒，抱怨起那些調皮的學生跟主任，也說著學校的一些趣事，而最後也聊到了感情事。

若允曦吃到一塊日式炸雞，外皮的酥脆度與裡頭嫩肉的口感讓她忍不住又夾了一塊吃，吃了兩塊油炸的，她拿起一邊的酒，把酒當水喝的灌了下去，打算潤一下喉嚨。

她偶爾會參與聊天話題，偶爾一個人默默地吃，默默地聆聽旁邊的談話內容。

「梁老師，你現在不應該還單身啊！」周悅澄突然指著梁崁哲的臉，她現在雙頰紅通通的，明顯已經醉了。

有些人喝醉會直言直語，把心中平常不敢說的話通通都說出口，周悅澄就是屬於這樣子的人。

被點名的梁崁哲笑了笑，修長且節節分明的手指敲了敲酒杯杯緣，挑眉，「怎麼說啊？是條件太好嗎？」

「要不是我女兒還未成年，不然早就介紹給你了。」

「哈哈哈，差太多歲我可不敢接收啊！免得被人家說誘拐未成年，我可不想犯罪。」這笑聲傳進若允曦的耳朵裡，一陣又一陣的，喝了酒的若允曦聽了全身不禁顫抖，她的雙手互相搓磨著自己的手臂，梁崁哲的聲音讓她的手臂泛起一顆又一顆的雞皮疙瘩，她垂著頭，閉著眼，看起來好像有點難受。

然而，周圍的聲音還是不斷地傳入她的耳裡。

「要不你說說你喜歡什麼類型的女生，我介紹給你。」

「妳是說真的還是假的？」

這些對話若允曦都聽在耳裡，她靜靜地聽，看見自己的酒杯再度被倒滿。

由於瞇著眼，周圍的聲音一下子變得好清楚，梁崁哲的聲音與她記憶中梁崁哲高中時期的聲音疊在一起，一看到高中時期的他，她又仰頭喝了起來，想藉此將這份回憶沖走。

「允曦，妳是不是醉了？就別喝了吧！」隔壁林詩築發現她的不對勁，輕拍了拍她的肩膀，若允曦雖然覺得頭沉重，腦袋有點混濁，但恍惚中若允曦還是可以聽見林詩築的聲音，她對她搖搖頭，要她別擔心。

梁嶔哲與其他老師的對話內容她還聽得見，只是頭越來越沉重，也越來越暈，理智的意識越來越模糊。

好像有什麼東西下沉了一樣，下沉到深黑的海水中，這裡是漆黑到看不清的暗色世界，沒有多久她看到了光亮，這光亮朝著她越來越靠近，就像一堆發光的螢火蟲，一隻一隻朝著她飛撲而來，當她的世界被點燃了光芒，她卻在這道光中看到高中的梁嶔哲。

他溫柔的對著她微笑，為迷路的她帶路並且指引著方向。

是啊……他是她高中遇到的那道光，是她的初戀，但那又怎樣呢？

那段時光，回不來了啊！如果真的可以回到過去那段時光，她想她還是一位沒有勇氣上前與他說話的若允曦，她想她還是會默默地看著他在她的面前擦身而過，他們之間還是沒有任何交集在啊！

「那就——」梁嶔哲不曉得為什麼把目光轉向對面那位已經快要醉倒的若允曦，若允曦的神情有點恍惱，他見狀蹙眉，「若老師，妳已經醉了，別再喝了。」他起身走到她身邊，將她手上的酒杯給拿走。

若允曦的視線中，出現好多個梁嶔哲的身影，又來搗亂了，現在是現在，過去是過去，為什麼自從遇見了梁嶔哲，那些過去的記憶像泉水一樣不斷地從內心深處湧出來？

「……是初戀又怎樣？」她含糊地說。

下一秒鐘她帶點怒意的瞪著梁嶔哲，若允曦站起來，身旁的林詩築深感不對勁也跟著站起來，她扶著她，深怕她站不穩。

「允曦，妳醉了，小心點小心點！」她替她感到緊張。

梁嶔哲伸手抓住她另外一邊的手腕以支撐她那搖搖晃晃的身體。

若允曦卻指著他，滿臉通紅的看著他，「學長，你不要出現在我面前了好不好？」

「……啊？我？」他納悶，而所有老師們的目光都放在他們兩人身上，每個人都像播放電視劇那樣被人按了停止鍵，各個的動作都就此定格。

「她醉了、她醉了。」林詩築說：「很明顯吧？醉了就開始胡言亂語的，真是，酒量不好還這樣……」

梁嶔哲點頭，看到若允曦醉成這樣，他也有點擔心她的安危，「知道她家地址嗎？等等送她回去——」

若允曦強忍著不舒服，再度跌回自己的座位上，目光卻瞪著梁嶔哲看，眼神充滿哀怨，那表情就像是深宮怨婦一樣。

「……不過，她剛剛說學長？你是她學長？」周圍有老師好奇地看了他們兩人。

「她應該是認錯人了，我很確定我跟若老師在這所學校是第一次見面。」梁嶔哲說。

若允曦聽到這更加不悅，她帶點醉意地指著自己，又指著他，「我是你學妹！○○高中的學妹！你不應該忘記我的！」

這話讓在場所有的人更加傻眼，梁嶔哲也愣了。

若允曦雙手貼在雙邊的臉頰上，自言自語地說：「煩死了，怎麼剛好在這裡遇到初戀啊？初戀又怎樣？根本就沒什麼大不了的……都過了這麼久了呀……」

第三章

林詩築曾經說，若她可以回到高中時期，她會向她喜歡的那個男生告白。

而她若允曦呢？

若真的回到高中了，她敢上前去跟梁嶔哲學長說上話嗎？然後大聲地對他說，她是開學那天迷路的那位學妹，希望能夠跟他當朋友嗎？

她想她還是不敢吧？她到現在依舊沒有勇氣。

只是曾經出現在他身邊的那位學姊，跟梁嶔哲是什麼關係啊？

這份初戀只是個遺憾的想念，好像也沒什麼了不起的，初戀又怎樣？

是啊！初戀又怎麼樣？

那就讓她的腦中別再出現高中時期的梁嶔哲了吧！

若允曦朝著那穿著高中制服的梁嶔哲追打著，對他說：「你可以不要出現在我面前了嗎？」

她現在是二十五歲，會看到高中時期的梁嶔哲絕對百分之百是在作夢！

既然是夢，那可以問他跟學姊是什麼關係吧？是男女朋友，還是是普通的同學而已？

只是還來不及問，她的頭又好痛，就好像有東西在啃食著她的腦子，痛到她猛抱著頭直喊疼。

「好痛……」她不禁呻吟出聲。

臉上有著溫暖的溫度在，若允曦下意識的抬起手遮掩，蹙著眉頭，下一秒又想到自己租屋處的窗簾有拉上，那怎麼可能會有陽光照進？

她睜開眼睛，看到面前刺眼的陽光後又閉上了眼，轉過身，呢喃了幾句話，這聲音惹來林詩築的注意。

「允曦，妳醒了嗎？」

她的眼皮抽動幾下，緩緩睜開眼睛，果真看到林詩築在她的面前。

「……詩築，妳怎麼在我家？」她問。

「什麼在妳家？妳現在是在我家，昨晚喝醉了有印象嗎？」

若允曦無力起身，頭陣陣的傳來疼痛感，她撫摸著頭，看看周圍的環境，還真的不是在她自己的租屋處裡，沒有想到昨天晚上竟然醉到不省人事，甚至連自己怎麼來到這裡的都沒有任何記憶。

「……我沒印象，我怎麼來的？」看著身上的衣服，已經被換上別件，「對不起，造成妳的困擾了吧？」她充滿歉意的說。

「我是還好啦……不過，梁老師他……」林詩築欲言又止。

「梁老師？」若允曦蹙眉，「什麼？」

「……昨天的事情妳真的都忘啦？」林詩築問。

若允曦看著她，重重的吐了口氣，「我酒量很差，我……我有做什麼蠢事嗎？」

林詩築盯著她，一臉想說什麼的模樣，若允曦看她的臉上表情，她蹙眉，接著開始慌張，「不會吧？我做了什麼事情？」

「妳昨天指著梁老師說什麼學長你別出現在我面前了，還有什麼初戀又怎樣……這件事沒印象？」

若允曦聽了愣住，瞠眼不敢相信，但經由林詩築的敘述，那些記憶在這一剎那跑進她的腦中，所有的畫面都是那麼的清晰……

瞬間，她滿臉黑線。

「……還有呢？」她僵著表情，繼續問。

「梁老師見妳醉成這樣，提議我把妳帶回家，於是他揹著妳，但妳卻吐了他一身……」

腦中又闖進了她在梁嶔哲背上的胡言亂語，她直喊著自己根本就沒有醉，要他放她下來，甚至踹了他幾腳，接著吐了他一身，身上好好的一件襯衫就這樣被她給弄髒。

她雙手摀住臉，為這些記憶感到不敢置信，這記憶一片又一片的甦醒，畫面一幕又一幕的清晰起來，她現在只想挖洞躲起來啊啊啊！

林詩築嘆了口氣，手托在下巴處，一臉好笑地看著她：「好險梁老師沒有家室，還單身，不然第三者的罪名看妳怎麼揹。」

「我……我錯了……我不該喝這麼多酒。」她簡直快要崩潰，咬著唇，一臉崩潰的模樣，頓時之間她好想死啊，這種羞愧感她無法承受下去，實在有夠丟臉了！

「算了啦！沒這麼嚴重，還好不是酒後滾床單，妳這程度沒什麼大不了的，我相信梁老師他應該不會介意。」

若允曦摀著臉，欲哭無淚，「天啊……我到底……我怎麼會喝這麼多酒……我……我好該死啊啊！」

「別哀號了，趕緊去浴室梳洗一下，我有替妳準備的新牙刷跟新毛巾，昨晚的衣服也替妳丟進洗衣機裡面了，現在正在烘乾。」

「詩築，對不起啊！我讓妳困擾了。」她雙手合併，「下次請妳吃飯抵罪。」

「妳該抵罪的對象不是我，而是梁老師，他那件襯衫整件毀掉，要我直接幫他丟掉，昨晚就穿著一件內搭背心回家，超級悽慘。」

「唉呦……別說了，我好糟糕，我真的很對不起你們大家啊！」若允曦哀怨地走進廁所，看著鏡子中的自己，臉上的妝還在，但是全部都脫妝了，一塊又一塊的像是小花貓的臉，她趕緊卸妝洗臉刷牙。

換上林詩築替她洗淨的衣服後，她再次對她道歉。

「自從經過昨天的這件事情後，我們在場的每一位老師都有一個共同的想法，就是下次絕對不能讓妳喝酒！」林詩築說。

「……只喝一杯而已，我不會醉的。」她的話很沒說服力，讓林詩築搖了搖頭。

「錯！我們要讓妳滴酒不沾！妳喝醉的模樣太可怕了！」

「我知道錯了啦……」若允曦感到內疚，依舊後悔著自己昨天脫序的行為，早知道就不該喝這麼多杯酒。

不僅胡言亂語，還吐了別人一身，毀了別人的襯衫，要是母親大人知道她這樣子，自己身上的皮肯定被扒光。

一想到母親大人凶狠嚴厲的表情，若允曦不禁身子一縮，趕緊從這可怕的畫面中跳出。

「詩築，我請妳吃中餐吧！」她一臉歉意地說。

林詩築正在坐在床上翻著小說，抬眸看著她，「不用啦！等等那個梁——」說此時那時快，門鈴響起，距離門口最近的若允曦轉身幫她開門。

沒想到一打開卻看到梁嶔哲站在門口那，她瞪大眼睛嚇到，沒有任何遲疑便用力關上大門！

林詩築被她這樣的行為弄得愣住，而正站在外頭的梁嶔哲也傻了眼，看著這被關起的大門，他摸了摸自己的臉，想說自己的長相有這麼可怕嗎？

若允曦吞嚥了口口水，摸摸自己的腦袋，「我還在醉嗎？我還沒清醒嗎？我剛剛好像看到梁嶔哲欸……」

但那畫面會不會太真實了？

「妳沒看錯，梁老師說他會替我們送醒酒藥跟午餐來，不覺得他挺貼心的嗎？」林詩築不禁好笑的看著她，沒想到若允曦也有傻傻可愛的一面。

「什麼？妳怎麼會讓他來啊？」若允曦聽了驚叫出聲，一臉天塌下來的模樣，恍若世界末日就要降臨在她身上一樣。

她還不知道該怎麼面對他啊啊啊！

她要用什麼樣的表情呢？總不能裝作若無其事吧？

「這裡是我家欸！妳管我要讓誰來……好啦！別鬧了，梁老師是關心我們，妳就這樣把他拒絕在門外，說不過去啊……還不快點開門。」

若允曦趕緊又開啟門，門外的梁嶔哲歪著頭，一臉好笑地看著她，似乎聽到了她們之間的對話，而她回看著他，對上眼的那一瞬間，她緊閉上眼睛閃躲他的眼神，目光看向地上，快速地打開門讓他進來。

「我有長這麼可怕嗎？」他笑著眼看著若允曦，若允曦則是別過臉，不敢與他對視，雙頰麻木，她覺得現在的自己應該臉紅了。

「梁老師，她現在正在內疚中，你請進，我這家很小，就坐在小客廳那裡吧！」

若允曦這才抬眸細看這間房間的擺設，林詩築租了一間套房，自己在一個角落處那設置一個小客廳，有兩張沙發跟一張桌子，還有一台電視。

「我替妳們兩位美女老師買了午餐，還有解酒藥，若老師妳還好吧？」梁嶔哲看著從剛剛他進門到現在就一直閃躲他的人，若允曦現在就像是做錯事情怕被爸媽罵的小孩，乖乖站在一旁不敢有任何的動作。

「我……沒事啊！沒事……」她的目光一直看著旁邊，心中大聲地吶喊著：讓我死了吧！讓我死了吧！讓我死了算了！我不想活了啦……嗚嗚……

「妳既然沒事那為什麼不敢看我？」他輕聲地說，聲音聽起來很柔軟，很像在哄小孩一樣，所以現在他是把她當作是小孩子來看待嗎？

若允曦要自己做了幾次深呼吸，接著她扯出個笑容，只是這笑容實在僵硬的詭異。

「梁老師，我……關於昨天的事情，我……我……」她的話因為緊張而打結，看起來臉紅氣喘、結結巴巴的。

做什麼啊？她又不是要告白什麼的，到底是在緊張什麼啊？

雙手不禁握拳，指甲都陷入掌心肉裡面，用力到手指些微的泛白。

「嗯，關於昨天的事情，妳？妳怎樣？」梁嶔哲倒是很有耐心地看著她。

「我……」她握拳的力量又加大，接著說：「關於昨天晚上發生的事情，我會負責的。」

此話一出來，林詩築眨眨眼睛，一臉看好戲的模樣，她摸摸下巴，現在一個梁嶔哲跟一個若允曦，兩個人看起來倒是挺配的，但就是不知道是不是彼此的理想型就是了。

她為自己倒杯奶茶，在一邊悠閒地喝著，觀看他們現在的兩人世界，把自己拉到觀眾席，看著眼前的華麗演出。

「負責？」梁嶔哲微愣，一時之間不懂她指的是什麼。

若允曦瞪大眼睛，趕緊解釋，「我、我是說！那、那件被我吐得亂七八糟的襯衫，我會賠給你的，你再跟我說是什麼牌子，我會買一件一模一樣的給你。」

看著她緊張的模樣，不知道為什麼，梁嶔哲突然想要捉弄一下她。

「但我怕妳賠不起欸……」他凝視著她，挑了眉。

「啊？會嗎？男性襯衫不就是三四千而已嗎？這價格我還是可以付起的。」她抬起胸膛。

「妳可能要多個零。」

「多個零……」若允曦聽了瞪大眼睛，一件襯衫三四萬？她有沒有聽錯？哪個牌子的襯衫這麼貴？將近她一個月的薪水欸！

見到若允曦她瞠眼瞪大的模樣，梁嶔哲不自覺的笑出聲，「我說笑的，那一件襯衫只有兩千多，但不用賠沒有關係，反正是前女友送的，正好可以趁這個時候把這份回憶丟掉。」

「……啊？」若允曦眨眨眼，有點汗顏，「不好啦！還是讓我賠給你一件新的，不然我會內疚一輩子的。」

「好啊！不然襯衫樣式由我來挑選，改天找個時間一起出去逛逛。」他說。

若允曦點頭，眼神堅持地看著他：「我是說認真的哦！我記在手機裡提醒……」說著她拿出手機記錄，記錄完後，她看向他，目光又飛快地移開。

「還有呢？」

「還有，還有……」若允曦再度做幾次深呼吸，強迫自己盯著梁嶔哲的眼眸看，他的眼眸中有著陽光映上的光點，微微的閃爍，像寶石的閃爍光澤，又像黑暗中藏了幾隻螢火蟲一樣，漾出了微微的光暈柔意。

若允曦問得小心翼翼：「梁老師，昨天……我……我是不是有做了什麼非禮你的事情……來了？」

梁嶔哲思索著，「說是非禮，好像也沒這麼嚴重啦……」

若允曦此時感覺全身好像都有無數隻看不見的小蟲爬滿她全身一樣，她身上不僅發毛又發癢的，差點跳起。

「對不起，我不敢說我不是故意的，但我真的不是有意的，我說會負責就是會負責，要我付你精神賠償也可以，我昨天應該嚇壞一堆人了吧？啊啊啊，怎麼辦啊？」她欲哭無淚。

梁嶔哲看到她將近崩潰的模樣，一臉好笑地看著她，將話題轉移，「若老師，妳真的是我高中學妹啊？」

「啊？」她動作定格，以為自己聽錯。

「妳昨天喝醉的時候叫我學長，說什麼要我不要出現在妳面前，我一開始還以為妳是不是把我當成誰了，但妳提到〇〇高中……我的確是這所高中畢業的，所以妳也是啊？妳真的是我學妹？」

若允曦倒抽口氣，只能不斷地道歉，「對不起、對不起，真的很對不起！」

每道歉一句就朝著梁崁哲低頭一次，心中已經浮現無數次想撞牆自殺的想法。

「是我學妹這件事情為什麼要道歉？」梁崁哲疑惑看著她。

「就……我不該說什麼要你不要出現在我面前這種沒禮貌的話，抱歉！真的很抱歉！」

「所以妳認識我？我是說高中的時候。」

「……我、我不認識。」為了不想繼續尷尬，她只好否認。

眼見梁崁哲依舊一臉在思考什麼事情的樣子，而若允曦一副緊張兮兮的模樣，緊咬著嘴唇，五官就那樣定格不動，這畫面讓一旁喝奶茶的林詩築差點將嘴裡的奶茶噴出來。

太好笑，她快笑死了。

若允曦失魂的模樣，眼神無望的看向天花板，上頭的燈光不曉得為什麼在此刻閃爍了一下，她無言，連燈都在嘲笑此刻的她嗎？

梁嶔哲摸著下巴，接著丟出一個問題：「若老師，我可以問妳一個問題嗎？」

「呵呵……什麼問題？」她緊張地玩弄自己的長髮、玩弄自己的手指跟指甲片，驚慌失措的她開始做起別的事情來。

梁嶔哲此刻凝視她的眼神像是要看透她一切似的，她現在怎麼有種全身赤裸在他面前的錯覺在啊？

這是不是酒喝太多的後遺症？

她的頭好沉重，彷彿有幾百顆大石頭壓著一樣。

「妳的初戀，跟我很像嗎？」他問。

若允曦瞪大眼睛，玩弄長髮的手指停了下來，愣愣地說：「什麼？」

「昨晚妳抓著我，喊著什麼初戀怎樣，看起來好像在抱怨妳的初戀，所以我才想問妳說……妳的初戀是不是跟我長得很像？」

「我……？」她用力地眨眨眼睛，目光再度游移，緊抿著唇，心中又出現掙扎，最後她點了頭，

「對……有點像。」

總不能讓他知道她的初戀是就是他本人吧？這樣子會更尷尬吧？

梁嶔哲微愣。

「總之，對不起，是我的錯。」已經說了無數次的對不起了，若允曦心中的內疚指數直爆表。

「嗯，妳別道歉了，我就裝作沒這件事情，妳也別內疚，也別閃躲著我，好嗎？」梁嶔哲看著她說，好聽的磁性嗓音聽起來溫和，裡頭好像包含了滿滿的溫柔在，讓若允曦覺得自己好像被棉花包圍著，軟綿綿的，差點陷入他的眼神中。

高一開學的那一天，她就是陷入了他這樣子溫柔的眼神中，才會開始注意他的身影。

若允曦抽回目光點頭，幾乎點頭如搗蒜，此刻林詩築將兩杯泡好的奶茶遞到他們面前。

「行了，兩位大人講開了吧？」她笑笑地說，一人一杯的推到他們面前。

若允曦小心翼翼地捧起馬克杯，小心地啜了一口。

梁嶔哲則是攤開他剛剛提來的袋子，裡頭放的是他替她們買的午餐，速食餐點。

「若老師，這是解酒藥。」梁嶔哲遞給她一包東西，她接過來後道謝，立刻配上林詩築替她準備的奶茶吞掉。

「真的是不好意思，造成你們麻煩……」若允曦說，看著那袋速食餐點，「梁老師，這午餐多少？我……我請你們吧！」說完她開始低頭找尋自己的包包。

「借花獻佛的一種嗎？」梁嶔哲笑了笑，「若要請，就請吃好一點的啊！」

「好好好，看你們要吃什麼，我盡量滿足你們，呵呵……」她一臉賠笑地說，現在的她急於想要貢獻出什麼，只為了減少身上的罪惡感。

「好啊！那就擇日不如撞日，就今天晚上了。」林詩築說。

「行！」若允曦看向梁嶔哲，「梁老師，今天晚上你可以嗎？」

梁嶔哲雙手盤在胸前，「我應該可以。」

他們三人用完了午餐，若允曦與梁嶔哲先行離開林詩築的租屋處，經過一兩個小時的時間，若允曦已經覺得好多了，但與梁嶔哲之間還是有著難以言語的尷尬在，她想裝作什麼事情都沒發生的模樣，用正常的語調說著正常的話語，可是一看到他的臉，所有的假裝都功虧一簣，臉上那偽裝的面具被無形的手給扯開。

她心中無限地吶喊：真的好煩啊！

與梁嶔哲一前一後進入的捷運站，若允曦指向一邊她要轉車的方向，「梁老師，我要搭藍線。」

「嗯，那晚上見。」他輕聲地說。

「晚上見。」她笑笑地對他揮手，在轉過身的時候笑容立刻垂下，暗罵了自己幾句，嘆口氣後往搭車路線走去。

一想到晚上又要與梁嶔哲見面，若允曦就覺得頭痛，一想到兩人又是同事的關係，有可能在學校天天見到面，她覺得頭更痛了。

真是為自己惹上了一個大麻煩來！

然而，晚上的時候梁嶔哲卻因為有事臨時無法前來，這聚餐就變成是若允曦與林詩築兩人的單獨聚會。

兩個女人相聚在一起，有些話就可以直說了，也不用像在學校一樣的要避人耳目。

林詩築第一個問題就差點讓若允曦招架不住。

「允曦，妳的初戀是上次提到的那個學長吧？」

若允曦愣住，「對……算吧。」她低下頭，不自覺地躲開她的眼神。

若是選在平常的時候聊起這話題，若允曦根本就不會這麼緊張，也不會閃躲著她，就當作是一件回憶的事情輕鬆聊起，但就是因為發生了很多事情，所以現在只要一提到有關於梁嶔哲的事情，她就避之而唯恐不及，好像他是個隨時會引爆的炸彈一樣，令她緊張。

「今天你們在我家的時候，我從妳嘴裡再度確認妳跟梁老師之間是高中學長學妹的關係，可是很矛盾的一點是，妳卻說妳高中不認識他，既然不認識，酒醉的時候又怎麼會說他是妳學長呢？」林詩築的聲音聽起來很輕鬆，她卻像是要打探什麼事情似的，目光直盯著若允曦的表情，就想看她的表情會有什麼樣子的變化。

果真，若允曦的表情變了，她愣住，原本用右手筷子夾著的那塊肉瞬間滑落在湯裡，下一秒，她的手開始顫抖，內心波濤洶湧，眼神也開始慌亂。。

「妳的初戀，該不會就是梁老師吧？」林詩築問。

內心的交響音樂響起，在一瞬間就進入了最高潮的樂章。人生就像是一場交響樂一樣，有起有伏，但怎麼她的人生在短短的幾天內起伏波動就這麼的大？

她屏息，當下想否認，可是聲音卻好像啞了，發不出任何聲音來。

林詩築盯著她，看她的反應已經知道了答案，「……真的是這樣嗎？」

「我……」若允曦放下筷子，輕吐了口氣，「詩築，妳可以幫我保密吧？」

林詩築歪著頭看她，呈現狐疑。

若允曦說：「我現在……很尷尬，雖然跟梁老師表面上已經講開了，但你想想，我們都在同所學校裡面教書，雖然不同間辦公室，可是同樣是老師，見面的機率大很多，我不想讓我們之間如此的尷尬，我已經——」

林詩築見到她快哭出來的模樣，「好，我知道了，我幫妳保密，不說就不說。」

「真的？」若允曦欣喜地看著她，好像看見雨後的那一道彩虹。

「真的啊！妳若不想讓他知道，我就不會說了……不過，他沒有認出妳來嗎？」

若允曦搖搖頭，「他不認識我，早就忘記我了，當初只是匆匆的一面之緣，講上的話也只有幾句，誰的記性這麼好會記得這麼清楚？」拿起筷子，繼續吃著麵。

「妳啊！妳不就記得他了嗎？」

「我……」若允曦頓時之間啞口無言。

林詩築手托著下巴直盯著她看，說：「真是浪漫啊！」

若允曦聽了瘋狂搖著頭，這種浪漫她不想要啊！那麼丟臉，那麼有想撞牆的感覺，哪叫浪漫？

「這哪叫浪漫啊？」她抱怨。

「其實我有點羨慕妳，因為我那位初戀的班長早就失聯了，連現在在做什麼工作都不知道，每次的同學會也都不來。」林詩築用筷子玩弄著麵，吃了一口咀嚼著，「就算想知道對方過得好不好也都無從得知。」

「這樣最好啊！人家現在肯定也有自己的生活，妳為什麼會想見對方？」

「懷念啊。」

若允曦看著林詩築，「人會對過去的人事物感到懷念，但是我不會想用這種方式。」

因為實在太丟臉了。

「那妳……不會喜歡上梁老師嗎？」

「不會！」連想都沒有想，若允曦直接說，她表情非常不自在，「拜託，別提這件事情了。」

晚餐結束，再三確認林詩築會替她隱瞞她的初戀是梁嶔哲這件事情後，若允曦才放心的往自己家中走去。

第四章

隔兩天的星期一，若允曦在出門前看著鏡子中的自己，吸氣吐氣無數次，她現在的心境比初次來學校報到的那一天還要緊張一百倍，看著鏡子中那僵硬到有點難看的笑容，一想到梁嶔哲，那笑容更加難看了。

低頭看向時間，若再拖下去肯定會遲到，因此她趕緊走出租屋處，往學校的路線走去。

平常她都是搭公車去學校，租屋處離學校很近，約莫搭個十分鐘的公車就好，而且她要搭的公車很好等，一抵達公車站牌，很快地她要搭的那班公車駛進了，她招了手，跟幾個乘客一起上車。

公車上看到幾位同校穿著制服的學生，他們不像以前高中的她那樣，以前的她都會在搭車的時候拿著一本小筆記看著，複習等等早自習會考的科目，而現在的學生都滑著手機，應該是在看社群媒體。

若允曦看著窗外的景物發愣著，發愣的時候最要不得，也不知道是不是淺意識在作亂，那天酒醉後的失態情形如幻燈片一樣，一幕又一幕的在她腦海中閃過。

酒醉的自己把梁嶔哲當作是高中生的他，而她體內年少輕狂的因子被酒喚醒，如果高中當時，能擁有酒醉後的勇氣那該有多好？高中時候的她，跟梁嶔哲之間的關係會不會不一樣？

只是，凡事沒有如果。

時光匆匆，她跟梁嶔哲都已經是出社會的大人了。

當抵達學校那一站的站牌時，只要一想到要面對那天一起喝酒聚會的同事，若允曦就顯些哀怨的走下車，不知道她的失態會不會在同事之間變成笑話流傳？肯定丟臉斃了。

她先去學校對面替自己買個早餐，因為時間不允許她在早餐店裡頭內用，所以她在早餐店外頭等著。刻意避開那暖暖不斷湧出的蒸氣，她站得離蒸籠有點距離，當老闆喊她的餐點好了的時候，她結帳完畢，拿到早餐正要往學校走，一個身影飛快地擋在她的面前。

「早啊！若老師。」梁嶔哲瞇起笑容看著她。

若允曦嚇到，手上的早餐差點自手中滑落。

「早、早早……」她因為緊張而有點結巴。

看到他臉笑笑地向老闆結帳，她問：「你什麼時候在這裡的？」

「有一段時間了，妳沒注意到嗎？」

「……沒有。」

梁嶔哲的笑容就像藍空中的那璀璨太陽一樣，若允曦默默地走在他身邊，腳步卻刻意放慢、刻意離他越來越遠，她沒有注意到紅綠燈上的變化，內心不斷在天人交戰、混亂，邊抱怨著：怎麼一早就遇到他？怎麼一早就遇到他啦啊啊啊？

當她持續在想著要怎麼閃躲梁嶔哲的時候，一個喇叭聲頓時響起，讓她刺耳的愣住，下一秒鐘她的手腕被一股力道向前扯過去，腳步不穩地往前跌。

回過神，她發現梁嶔哲的一隻手緊抓著她的手腕，另外一隻手扶住她的腰際，兩人面對面的動作就像是在跳華爾滋一樣，只不過地點不是在舞廳，而是在學校門口；身上的穿著不是華麗禮服，而是休閒服裝；身邊也沒有悠揚的音樂，而是汽車駛過的吵雜聲。

以及，躺在地上那屬於梁嶔哲的早餐，整杯紅茶噴出，浸溼了裡面的蛋吐司，早餐正悽慘地躺在馬路上。

剛剛為了拉住若允曦，梁嶔哲沒有想太多，手上的早餐當下直接被他丟置一邊。若允曦低頭看著那早餐的慘狀，愣了愣，「梁老師，這……」

她有點內疚，她又開始內疚了，而每一次的內疚都是因為梁嶔哲，她對他感到很抱歉。

梁嶔哲在確認若允曦安然無事而且腳步站穩後，才低頭發現那躺在路上的早餐，輕笑了一聲，蹲下撿起那早餐。

原先裝著早餐的手提袋從裡頭透溼到外頭，紅茶的塑膠杯在馬路上搖晃，梁嶔哲撿起那手提袋，手提袋還在滴著紅茶，若允曦看到，忍不住說：「梁老師，這給我吧！你是為了救我才害早餐掉落，我的這份跟你換。」她伸手拿起她點的早餐，想跟他交換。

梁嶔哲眨眼，「不用。」他甩甩那溼掉的手提袋，朝警衛室走去要了一個塑膠袋，將溼掉的手提袋裝在裡頭，並撿起那紅茶塑膠杯，打算等等到了辦公室後再處理。

「梁老師，我──」她又想說什麼的時候，梁嶔哲飛快地打斷她的話，「若老師，我一直想嘗試看看一個新吃法。」

「什麼？」她愣住。

「紅茶口味的火腿蛋吐司。」他微笑，「妳讓我的願望實現了。」

他並不是在嘲諷她，而是真心這樣認為。說完後就這樣手插著口袋，哼著歌朝辦公室的方向走去，看似心情非常愉悅。若允曦回過神後趕緊追上他的腳步，完全忘了前幾分鐘她還在想著自己要怎麼閃躲他。

若允曦的表情有點內疚，「真的不用跟我換嗎？是我剛剛恍神害你的——」

「不用啦！小事情，真的是小事情。」

見狀，若允曦實在無奈，「梁老師，我把你襯衫吐髒了，一開始你覺得不用賠，現在我害你早餐溼了，你也覺得不用，做人也不用這麼好好先生吧？這麼好反而讓我內疚，就讓我做點什麼事情補償一下吧！這樣我心情會好一點。」說完，她用誠摯的眼神看著他。

梁崁哲看著她一臉認真的表情，眨眨眼睛，最後泛起笑容，「妳是認真的？」

她點頭，下一秒無意識地閃躲眼前這無害的笑容，她實在不想要讓自己沉浸在他的笑靨中。

梁崁哲的笑容很好看、很陽光、很迷人，但就是因為如此的閃耀、如此的璀璨，所以她覺得有些刺眼，好像盯久了，魂就會被對方勾走一樣，有點危險。

他的聲音讓若允曦回過神，此刻正扯開笑容，「那好，明天妳幫我買早餐吧！我要一份蘿蔔糕、一份蛋餅、一份巧克力吐司。」

「……」

「最後加上一杯冰紅茶。」他結語。

「……好。」若允曦聽了允諾，看著他的笑容，怎麼覺得自己好像被坑？

不，這些是小事情，她可以接受。

走進辦公室，若允曦有點不自在地坐到自己的座位上，林詩築正在化著底妝，看到她出現說了聲早安後，繼續塗口紅。

若允曦攤開英文課本，假裝認真，但實際上豎起耳朵仔細聆聽周圍的聲音，怕的就是會聽到她聚會那天的酒醉蠢事，可是經過了早自習、下課、上課，她原本以為那些蠢事會流傳出去的，畢竟辦公室也是大有人在，怕的就是有人閒言閒語，而她當上了緋聞的女主角。

但，都沒有發生。

「詩築。」

「嗯？」林詩築看向她。

「那個……我那天不小心因為酒醉而胡言亂語的事情，有誰知道啊？」

「在場的老師都有看到啊！」

這答案明明她已經知道了，但聽到的時候心臟卻不禁一震。

「那……其他老師也會知道嗎？」

林詩築眨眨眼睛，「允曦，妳這樣問是希望其他老師知道嗎？」

若允曦一驚，連忙說：「當然不希望啊！知道這件事情的人越少越好，最好都不要有人知道……」

她有點煩躁的翻著英文課本，一想到自己那天的酒醉失態，都覺得丟臉丟到太平洋去了。

若允曦這樣子的反應讓林詩築笑了，「放心好了，我們沒這麼無聊。又不是高中生的嘴，八卦的事情馬上傳到整個學校都知道。況且那只是小小的失態，妳又不是喝醉酒把自己的衣服扒光，或是強吻其他人，放心好了，這應該沒什麼。」

「應該？」若允曦臉色有些變了。

「嗯，應該。」她又補充說：「但經過這半天的時間都沒有人前來問妳，應該是沒有傳出去啦！那天一起去聚餐的人也都不是那種大嘴巴的人，妳就放心好了。」

若允曦擺手，仔細想想，現在好像也不能做什麼，她一直覺得自己的人生平平淡淡的，可是怎麼最近高潮起伏一堆？

然而，人生交響樂的高潮章節還沒有結束。

這天，她收到了英文小老師收齊後給她的小考試卷，發現有一位學生直接在空白小考試卷上面用大字寫：**我不會寫！打我啊！**

後面還畫一個鬼臉，如此的招搖讓她澈底傻眼。

她知道現在的學生無法執行體罰，而她自己也沒有資格去體罰那位學生，只好告訴這個學生的導師，請導師去處理。

但經過詢問後，這位導師也拿那位學生沒有辦法，很是苦惱。

若允曦坐在自己的座位上看著那張考卷，雖然聽聞那位學生在每個科目的小考試卷都這樣搞，並不是只有英文科目，但她的心情還是受到影響了。

她莫名地開始責怪起自己。

是她的教學方式有問題嗎？為什麼學生們就是不好好認真讀書？為什麼就是不好好的寫考卷以尊重這門科目？就算是用猜的做做樣子給她看也都不願意嗎？

「允曦，這件事情不是妳的錯，是學生的問題，妳也知道這位學生在每一科的小考試卷都寫上這種話，根本就是故意要挑釁老師的，所以並不是妳教得不好。」林詩築看得出來她很在意這件事情，開口安慰她幾句。

也許是因為她第一次遇到這種事情，心情難免會受到影響，這挫折感她一時之間的跨越不過去。

最後她竟然難過到掉淚。

默默流下幾滴淚水後，心情好不容易振作了，她走出辦公室，站在洗手台面前洗著手。

擤了擤鼻涕，看著前面的豔陽光照，透過矮牆望過去，底下的學生喧嘩玩樂。

她好羨慕他們的生活啊！

尤其遇到心情低落的時候，更羨慕這些學生們。

人啊！好奇怪，當自己是學生的時候羨慕著那些出社會的大人們，但當自己已經是大人的時候卻羨慕起那些學生們。

「很羨慕這群小孩，沒有大人的煩惱。」幽幽的聲音從旁邊傳來，竟然與她心中的想法不謀而合，若允曦下意識地轉頭，看到梁嶔哲一手插著口袋看向遠方。

此刻陽光正好照耀在他的側臉上，光暈將他的臉照柔，糊了輪廓，他輕抿著唇，陽光在他的美麗瞳孔中點了亮，在若允曦迷濛的雙眼中，他看起來異常的溫柔，竟然莫名的有安全感，就算他只是站在那裡什麼事都沒有做，也會讓她有著他是在陪伴她的錯覺在。

若允曦垂下眼簾，是因為現在的她處在難過的心境中，感性大於理性，所以才會有這種錯覺的。

旁邊匆匆走來了幾位學生，看起來好像是來找若允曦的，「英文老師！」

若允曦一愣，剛哭過的模樣不想被學生給看見，當她正有著想轉身閃躲的想法時，梁嶔哲的身影突然擋在她的面前。

「歷史老師，借過，我們要找英文老師。」學生們說。

站在梁嶔哲身後的若允曦愣了愣，看著屬於梁嶔哲的高大背影擋在自己的面前，心湖微微一顫，從心臟處流出的一股暖流，串流至全身上下，就連手指也不放過，手的顫抖讓她不禁抓緊衣襟。

眼前的寬厚肩膀，看似可以為她阻擋一切。

而他，現在真的在替她阻擋。

為什麼要對她這麼好啊？他對每個人都這麼溫柔嗎？

知不知道這樣子的他，她會忍不住對他心動啊？

「不好意思，麻煩下一節下課再來，我跟英文老師正在談重要的事情。」梁嶔哲看著學生們說。

學生們只好點頭離去。

甚至有學生開玩笑說：「老師你是不是在談戀愛？」

「吼——」

「飯可以亂吃，話不能亂講啊！你們在說什麼？別胡說。」梁嶔哲哭笑不得。

他看著學生們離開，而後又經過幾位學生，有些認識他的學生會跟他打招呼，他笑笑地揮手。

梁嶔哲替若允曦遮掩著她不想被人看見的淚水，經過了幾分鐘後，在他身後的她點了點他的手臂，

「梁老師，我沒事了。」

低下頭，有點難為情的說：「謝謝你。」

總覺得自己欠他好多好多，這些債到底要怎麼還才會還清啊？

梁嶔哲轉過身，看著她的眼睛，他雙手盤在胸前，「若老師，這有點不像妳欸……」

「什麼意思？」她倔強看著他，「難道我不能有脆弱的時候嗎？」

「不是，我不是說妳不能難過，而是說那位學生。」

「啊？」

「妳上禮拜晚上的聚餐是怎麼對我的？妳怎麼不用妳的凶悍來對付那學生看看？記得動口就好，不要動到手。」

若允曦愣住，腦中瞬間想起那次酒醉後的失態，她緊抓著梁嶔哲的衣領怒吼，將他當成是娃娃用力地前後搖晃，邊搖晃邊抱怨起自己的初戀，還要他離她遠一點。

好不容易過了幾天，這些畫面都沒有再被她想起，可現在梁嶔哲一提，那些畫面通通全部湧上，就像海浪一樣的侵襲，將這些不堪的回憶打在她身上。

一想到這些畫面，若允曦慘白著臉，一時之間不敢與他對上眼，垂下頭繞過他趕緊回到自己的辦公室座位。

梁崁哲看著她逃走的身影，笑了幾聲。

若允曦回到辦公室座位坐好，看到外頭的梁崁哲正看著她，她朝他吐舌頭後瞬間撇過頭，目光盯著桌上的課本。

不一會兒，她又悄悄地抬頭看，而他人早已不在那。

若允曦在學生時代的時候就曾經當過風紀股長，那時候的她因為要管理班上秩序，有時候會對班上那些吵鬧同學們謾罵，給予教訓，但這並不是她的本性，而是當她理智線斷裂的時候才會有的反應。

仔細想想，撇除那天酒醉的失態，上次她失去理智而凶狠的模樣是什麼時候？

那件事並不值得拿出來說嘴，只是想起那時候自己的正義感與凶狠，那時候青春的莽撞、年少的輕狂、不成熟的衝動，什麼都沒有想太多的直接橫衝直撞，一點都不擔心會受到傷害，好像很久沒有這樣子了……

鐘聲響起，若允曦從那段回憶中回到現實，她摸了摸自己的嘴唇，拿起小鏡子看著自己的臉，收起笑容，故意擺起生氣的模樣。

自從出社會後，她就習慣掛上笑容來迎合任何人，只是為了要讓自己看起來是個很好相處的人。

事實上她並不是不好相處，只是她不笑的時候，經常被人誤以為是個冷漠的人。

若允曦拿起那疊考卷，趁著下課十分鐘的時間思索著等等怎麼對著那些學生們訓話，訓話也不能說得太過分，還得要拿捏一下。

小老師前來拿取麥克風跟課本，她交給那位小老師後，目光依舊盯著考卷沉思。

聽這班的班導說，這位學生不愛讀書，家長長期因為工作在國外也無法管，老師根本沒轍。

上課鐘聲響起，她拿好這疊考卷往班級走去，在她經過高三導師辦公室後，梁嶔哲也正好拿著課本走出準備要去上課，他看著若允曦的纖纖背影，並沒有叫住她，只是默默走在她身後，嘴角在沒有自覺的情況下微微勾起一個好看的弧度。

若允曦一走進這教室後，全班的同學瞬間安靜下，她站在講台上，看著班上的同學們，「早上的小考我已經批改完畢了，在發考卷前，我想問一下這位張舜誠同學，為什麼你要在考卷上面塗鴉寫字？」

有同學笑了，那位張舜誠直接聳肩，一臉悔意也沒有，「老師我就是不會寫呀！我不想讀書。」

此刻，梁嶔哲悄悄站在班級門口附近，他的背輕靠著一面牆，隔著這面牆豎起耳朵仔細聽著這班級裡的聲音。

有幾位學生經過，好奇看著他，他伸出拇指覆在唇上，要他們噤聲安靜。
「老師，你要當偵查員嗎？ＦＢＩ？」
「小聲點，趕緊回教室去上課。」他噓了一聲。
這些學生蹦蹦跳跳地往教室跑去，奔跑聲漸漸地變遠，梁嶔哲的注意力再度放回教室中。
「張舜誠同學，我知道你爸媽在國外無法直接管你，所以身為英文老師的我送了你一份大禮。」若允曦看著那位男同學微笑著：「你知道英文是國際語言吧？」
張舜誠愣了愣，態度變了，沒有剛剛那樣的囂張，「老師，妳想幹麼？」
若允曦的微笑加深，慢條斯理地說著：「我聽你們班的班導說，你不只在英文小考卷上面這樣弄，連國文、歷史、自然、數學等等每一份小考考卷你都這樣搞，所以你們班的班導這幾天會將這些考卷收集好後交給我，請我寫一封寄往國外的快遞信，讓這快遞送到你遠在國外的父母手上，當然，打國際電話會比較有效率，可是若讓你父母親眼看見這些考卷，感覺會比較有誠意……」
張舜誠聽了慘叫，「老師，不要啦！我錯了！妳不要寫信給我爸媽啦！」
站在班級門口的梁嶔哲聽到這輕笑了聲，接著，他抬起腳步離開。
教室內，若允曦雙手盤在胸前，故意裝委屈的模樣，「可是，我覺得你爸媽應該會很期待收到這些考卷才對，當父母的都很關心小孩的成績啊！是吧？」她臉上保持著微笑，這笑容令人感到不寒而慄。

「老師，不要，拜託千萬不要，若被他們看到我一定死定啊！」

若允曦收起笑容，她嚴肅看著他，「既然你知道自己會死定，那為什麼要這樣子搞考卷？你這樣不尊重自己的成績，你覺得你父母會開心嗎？」

「我……」張舜誠欲言又止，低下頭，不再說話了。

若允曦嘆口氣，「等等下課你去辦公室找你們班班導一趟，這份快遞要不要寄出國決定權在她身上，我只是被她請來幫忙的。」

訓話結束，她開始上課，底下的學生們第一次看到她這樣子，各個噤若寒蟬，安安靜靜的，連平時上課偶爾會鬧一下的同學也都安守著本分，乖乖上著課，也因此她這堂課上得很順利，鐘聲一響起，課程也剛好告一段落。

因為解決了一件事情，她有點得意的離開，連走路都覺得很有風，空氣也好像變甜了。

第五章

若允曦在平常沒有課程也不需要花時間批改考卷的時候，她都會去圖書館走走。

這所學校的圖書館位在校園的角落，一棟外表看起來乾淨且莊嚴的白色建築物，建築物外頭的設計像是有參考西方的建築，上頭有幾個雕刻藝術像，而這棟建築物只有四層樓，看起來安安靜靜的，像是被人們遺忘在這兒似的。

圖書館每一層的書籍分類都不同，裡頭還設有K書中心，這也是某些用功學生經常會來的地方，尤其只要接近段考，圖書館的座位或是K書中心幾乎都沒有位置。除了K書中心，裡頭還設立幾間獨立的閱覽室，小小的一間房間，讓裡頭的人可以安安靜靜且安心地做著自己的事情。

若允曦最近才發現那些獨立的閱覽室只開放給教師使用，她莫名覺得興奮，感覺好像有了自己的小天地一樣，悄悄地拿了一本書後，用自己的員工證刷卡，嗶的一聲被感應解鎖，她壓了門把走進去。

這間閱覽室裡面有一扇落地窗，也設有窗簾，剛好面對著陽光，陽光的金粉將這間閱覽室給灑亮，令她感到刺眼，於是她將窗簾拉緊閉，低頭確認了一下自己能待在這裡的時間，放心地開始閱讀起手上的書籍。

閱讀使她忘記時間的流逝，看完一本書後，她滿意地將那本書抱在懷中，走出了閱覽室。

將書籍放置在原本的位置後，書櫃的對面突然響起了談話聲，起先她不是很在意，以為是學生們在悄悄話，可是卻聽到自己的名字，加上這說話的聲音不是高中生的那樣稚嫩的聲音，而是屬於大人的成熟聲音，頓時她的腳步止住，不禁屏息聆聽起對方說的內容。

「我聽說新來的那個若允曦……在上次聚餐喝酒的時候對梁嶔哲做那種事，旁人看了簡直覺得超級傻眼的，實在看不出來她那單純的外表，實際上竟然這麼亂，她是不是個有男朋友的人啊？有男朋友還這樣，這樣不是很好。」

「我上次跟林詩築聊過，她說若允曦現在沒有男朋友。」

「就算沒有男朋友，也不能這樣子啊！她那樣子是要勾引梁嶔哲嗎？梁嶔哲應該不喜歡這種女人才對，這麼不正經，有夠三八的！她對他這樣，或許私下也對其他男人這樣，亂槍打鳥的，看到男人就出手，看哪個男人吃她這套被她釣上鉤。」對方笑了幾聲，「可惜梁嶔哲就是不吃這套。」

「講來講去，我知道妳喜歡梁嶔哲，喜歡就去追，講若允曦的不是，妳並不會得到他！」

「至少讓若允曦可以知難而退也好，我最討厭這種人了！表面上跟大家要好，實際上卻私下耍一堆小手段，這人看了真是噁心，妳啊！別跟她走太近，不要以為她上次幫妳解決了那位不聽話的學生，妳就跟她那麼好。」

「我其實也沒跟她很好啊！就普通同事的交情，見面會打招呼，平時也很少聊天。」

「少跟她有交集啦！我不喜歡她。」

兩位女人的聲音突然被一陣腳步聲打斷，一名學生匆忙走過，而那兩位女人趕緊離開。

若允曦躲在書櫃後面，過幾秒後她悄悄探出頭，看著那兩位女人離開的背影。從剛剛的談話中，她認出其中一位是高一導師，也就是上個星期那位在小考試卷上面塗鴉學生的導師。而另外一位好像是時常與那位高一導師一起行動的老師，是教生物的，現在是高三的導師。

不管幾歲，不論是稚嫩的小孩、青春期的學生，還是已經出了社會開始工作的大人，都會有人際關係的問題需要解決。人際關係就像是一個又一個的世界，偶爾會有人踏入自己的世界，自己也會踏入到別人的世界，但每個人踏入的頻率以及停留的時間長短都不一樣，有的甚至根本就沒有踏入過自己的世界，就自以為是的瞭解這世界裡所有的花花草草。

她垂下頭看著自己的腳，繼續在書櫃那待著，深怕現在若出去了會不小心撞見她們兩位，到時候她都不知道自己要用什麼表情看她們……

輕吐了一口氣，若允曦告訴自己沒事的，這只是一件誤會、只是一件小事情而已。

做了幾次深呼吸後，她強迫自己打起精神，在離開圖書館前去廁所一趟，看著鏡子中那有點憔悴的臉，她扯開微笑，眼淚卻在下一秒鐘不小心落下，她連忙抹去淚水，要自己不要哭。

可是當悲傷的情緒一來，這眼淚根本就制止不住，悲傷讓她的眼睛灼熱，鼻酸了起來，聽到外面有腳步聲，她趕緊轉身走進其中一間廁所中躲起來，無聲哭泣。

因為哭泣，結果讓她延後了一個小時才回到辦公室裡面，一旁的林詩築問她：「允曦，妳去哪了？不是說三點會回來嗎？」

現在時間已經快四點了，她比原本的預定時間還要晚快一個小時才回到辦公室裡，為了就是不要讓自己的臉看起來好像剛哭過。

她笑笑地對著林詩築說：「我剛剛去圖書館，原本是在看書的，之後想到有份資料要找，所以多花了一點時間搞到現在才回來……這段時間有人找我嗎？」

還好自己情緒已經整頓完畢了才回來，林詩築並沒有發現她的不對勁。

她幽幽地說：「有幾位學生哭喊著要找英文老師，應該是來問問題，我跟他們說晚一節下課再來。」

「好，我知道了。」坐在自己的座位上，她無神地看著桌上攤開的課本，抬頭透過窗戶看到走廊上一位女老師緩慢經過，是上次塗鴉考卷那位高一學生的導師，那位女老師突然抬頭與她對上眼，下一秒鐘她燦笑著，朝若允曦揮手打招呼，若允曦一愣，也同樣揮手微笑。

當她的身影消逝在視線範圍後，若允曦收起笑容，想到當時圖書館聽到的對話，她突然感嘆起為什麼人是個這麼複雜的動物？有爭吵、有嫉妒、有羨慕等等的情緒在，還好她不是身在古代，若是被送去給皇上當後宮的嬪妃之一，在爭寵的戰爭上她肯定輸慘。

鐘聲響起，下課了，沒有多久有兩位女學生跑來找她問問題，使若允曦再也沒有時間可以胡思亂想，她耐心地替學生們講解英文考題，解答完畢後她們開心地說了聲謝謝，又飛快地跑走了。

如果人際關係的問題可以像解考題這麼容易解決就好，但基本上不太可能。

因為剛剛在圖書館發生的事情，若允曦不想繼續待在這裡，加上接下來的時間已經沒有課要上了，所以她決定早退。

跟林詩築說了一聲，雖然還被嘲笑著是不是要去約會，她笑了笑搖搖頭，故意保持神祕的離開辦公室。

提著包包離開，在往校門口的路上會經過籃球場，看到上著體育課的學生們正在籃球場上打籃球，揮灑青春的汗水，這份年輕令她羨慕，若允曦不禁站在籃球場旁，隔著網子目不轉睛地看著裡頭正在運動的學生們。

而有學生發現了她的存在，向她大聲喊叫著：「英文老師！嗨——」

她笑笑地揮手。

「老師，要不要一起打球？」竟然有學生提出這邀約。

「啊？打球？」她懷疑自己聽錯了。

「現在是我們的自由活動時間，體育老師放任我們玩，老師妳要不要一起來？」

她愣住的當下，有女學生從籃球場走出，輕拉著她的手走進籃球場裡，站在一旁的體育老師朝她打聲招呼後，又繼續轉頭教導一些學生們運球或是灌籃的姿勢。

「老師，跟我們一起打吧！我們少一個人。」剛剛那位女學生邀約她。

若允曦今天剛好穿牛仔褲、帆布鞋，長髮隨意的散落在肩膀上，她的身材是纖細的那種，看起來雖然弱不禁風的，好像狂風一來她就會被吹走。但實際上她在國中的時候曾經加入過籃球校隊，力氣比平常女生大一些，可是很少人知道這些，她自己也不會特別說。

「別鬧啦！英文老師應該是要回家了。」看到她肩膀上掛著包包，有學生這樣說，不想為難她。

若允曦看著遠方的太陽，火紅的夕陽垂釣在地平線上方，將周圍原本的藍色天空渲染成了橘紅色，她的心情還是有些低落，若能透過運動的方式驅走那些低落感好像也挺不錯的。

轉過頭，她對著拿球的那位學生說：「球給我一下。」

女學生聽了驚訝，將手上的球丟給她，若允曦一接住球，就朝著籃球板丟過去，籃球不偏不移的投進了籃框中。

居然是長距離投籃，若是在比賽中可是個三分球呢！

還好自己的功力還沒有退步，若允曦心中想著。

學生們見狀一陣驚呼聲，這也惹來周圍學生們的注意，若允曦從口袋裡拿出髮圈將自己散落的長髮隨意綁成了一個馬尾，動作俐落，綁完後她笑著說：「三對三，打十五分鐘就好。」

這樣的老師實在是帥氣啊！

她這一出聲，學生們都顯得開心，有人將她身上的包包拿去旁邊放，而這場小小的籃球賽就這樣開始了。

若允曦在國中就有加入過籃球隊的經驗，她非常熱愛運動，跑步也比別人快許多，只要學校有舉辦籃球比賽，若允曦一定會被提名參加。除了國中，高中跟大學也是一樣，只要有籃球比賽，就一定會有人找她參賽。

籃球場上，她就這樣混在幾位年輕的學生中，與她們一起打著籃球，每次的投籃她都會中，沒有一次例外。

「老師……妳怎麼那麼厲害啊？看不出來欸！」女學生氣喘如牛，驚訝她這不凡的身手。

「哈哈，我以前常常參加籃球比賽啊！」她笑著，一滴汗水沿著她的臉頰滑落，她用手背將汗水抹去，繼續伸手防守著前面的那名女學生。

不知不覺中，周圍的學生們通通都在看他們打籃球，有的還組成了加油隊，只要若允曦一進籃，就會尖叫歡呼喝采。

而此刻，位在樓上的導師辦公室前洗手台處，梁嶔哲正站在那裡，原本他是來洗手的，卻聽到底下籃球場上的歡呼聲，他不禁好奇凝視，在那群打籃球的學生堆裡面看到了一位穿著便服的女生，若不是若允曦身上穿著便服，她的身型與外表幾乎就跟學生一模一樣。

看到她臉上的燦爛笑容，就像陽光一樣的閃耀動人，揮出的汗水像是灑落的金光一樣，一閃一閃的，梁嶔哲的目光不自覺地跟著那身影移動。

「梁老師。」一位女老師站在他身邊，轉開他身邊的水龍頭開始洗手，「你在看什麼啊？」她順著他的目光看過去，看到了若允曦。

「喔，沒什麼啦！我在看若老師打籃球，沒有想到她蠻厲害的欸！剛剛還進不少球了呢。」女老師微微一頓，看到他的表情心中覺得有點不是滋味，她就是今天若允曦在圖書館撞見的那位高三導師——林芯涵，她非常喜歡梁嶔哲，可是就是遲遲不敢有任何動作，這幾天聽到那位新進老師李瀅海提起若允曦與梁嶔哲在他們聚餐時發生的事情，就開始不怎麼喜歡若允曦這個人了。

因為她覺得自己的東西好像被搶走了，梁嶔哲應該是屬於她的啊！

「會嗎？」她語氣聽起來有點酸，但她本人沒有發覺，彷彿有顆檸檬榨開一樣，將周遭的空氣都染上了酸意，「看起來好像真的是挺厲害的欸，梁老師你喜歡會運動的女生，是嗎？」

「也還好。」他回答，語氣有點漫不經心。

這樣的回答讓林芯涵鬆了一口氣，她趁現在繼續追問，「那，梁老師喜歡怎樣的女生啊？」

「感覺吧，我這個人比較注重感覺。」

「感覺啊？那怎樣的女生會讓你心動？」

梁嶔哲蹙眉看著她，不答反問的說：「林老師想當媒人介紹女生給我，是嗎？」

「這……如果有的話，是可以介紹啦。」她低下頭，心中抱怨他怎麼不看看現在就站在他眼前的她呢？不禁感嘆，又繼續問：「要怎樣的人，才會讓你感到心動呢？」

「心動啊……都二十七了，這種年紀應該很難心動了吧？」梁嶔哲幽幽地說。

心動的那一瞬間，心跳與呼吸會亂了原本的頻率。思緒會停止幾秒，在思緒停止的那幾秒鐘，眼前的畫面會深深的烙印在腦子裡，久久都不離去。每次想起這片刻，心情會受到影響，情緒不由自主的開心起來，而那畫面不管經過了多久的時間，都還是那樣的清晰又動人……

下一剎那，籃球場上那傳來若允曦的笑聲，她興奮的像個小孩一樣，雙手舉高跳了幾下，而這一幕剛好被梁嶔哲看在眼底，凝視著那小小的身影，他沒有發覺自己的嘴角因為若允曦那開心的模樣而勾起一個好看的弧度。

林芯涵見狀，沉下臉，轉過身默默離開，心中原本以為梁嶔哲會叫住突然離開的她，可她卻遲遲沒有聽到梁嶔哲的呼叫聲，當走了一段路後，她悄悄轉過身看，發現梁嶔哲竟然目不轉睛的盯著籃球場的方向！

他此刻的眼神放了柔，全神貫注的凝視著某個方向，見此，林芯涵咬著下唇，有點生氣的離開。

說好的十五分鐘已經到了，籃球場下的若允曦氣喘吁吁，她開開心心地拿起自己的包包跟學生們揮手道別，學生們不捨她的離開，希望下次還能與她一起打球。

「當然好啊！下次有時間的話。」說完朝著體育老師：「老師，不好意思，我實在玩得太忘我了。」

體育老師擺手說不會，還說看了剛剛她打籃球的模樣，自己也想跟她切磋一下呢！

壞心情在這短短的十五分鐘的時間內通通一掃而空，陰霾被掃得乾乾淨淨，宛如清晨的新鮮空氣一樣，純粹到沒有任何雜質在，若允曦開心地往校門口走去。

看來以後如果心情不好，不用躲在廁所裡哭泣了，就來打個籃球運動運動，反正若真的難過流淚了，也可以當作是揮灑而出的汗水。

林芯涵因為嫉妒著若允曦，將若允曦在上課時間跑去擾亂其他班級體育課的事情告訴一位比較資深的老師，她忿忿不平，覺得身為老師就該好好遵守自己的本分，而不是像孩子一樣的放肆大玩，更何況她又是這學期新進的老師，應該要有好榜樣才對。

而這位資深的老師，在某一次走廊撞見若允曦的時候，請她到一旁去談話，當時林詩築也在場，就這樣眼睜睜看著若允曦被叫到一旁說話，看到那位老師臉上的嚴肅神情，她深感不對勁。

談話完畢，若允曦稍後回到自己的座位上，臉色有點不太好看，林詩築上前關心幾句，她則是搖頭說沒事，但那沒什麼精神的模樣看了就覺得心疼。若允曦無奈地在心中嘆口氣，前幾天好不容易找到可以抒壓情緒的方式，就是跟學生們一起打籃球，也許是自己太招搖了沒有想太多，被唸也是應該的，她是老師啊！老師就該有老師的本分才對。

她心情有點低落地呆望著眼前，但低落程度沒有像上次那樣子，只是恍神，注意力無法集中，在她恍神的當下，一名女老師從走廊上經過，瞪了她一眼。

若允曦愣住，一瞬間回神，覺得有點莫名其妙，剛剛那充滿惡意的眼神是針對自己嗎？她左顧右盼，辦公室的老師們此刻都在自己的座位上做事，所以剛剛那位女老師真的是在針對她？

她突然想起圖書館那一天，她不小心撞見的那位講她不是的老師，沒有錯，就是她。

因為那位老師喜歡梁老師！

她的手指敲了敲桌子，發出叩叩叩的聲音，突然覺得自己好愚蠢，前幾天就為了這種莫名其妙的事情而難過，真是浪費眼淚又浪費時間。

隔天下課時間，當若允曦回到座位的時候，看到原本站在林詩築身邊的女老師一看見她，就突然跟林詩築說有事情，接著匆匆從她身邊溜走，她一臉狐疑地看著那個看似逃走的身影，不禁問：「……怎麼了？」

林詩築眼睛不看她，甩甩手，「在談論妳的事情。」

「談論我的事情？」若允曦納悶，「我什麼時候成為八卦女主角了？」

林詩築這才抬起頭看著她，「那個……不知道是哪位老師把妳在餐廳裡跟梁老師之間的事情跟其他老師說了，然後這謠言傳來傳去的，不知道誰開始添油加醋，內容越來越誇張，所以有人來跟我確認事實，妳知道謠言怎麼說嗎？」

「謠言怎麼說？」

「說妳強吻梁老師。」

「啊？我哪有啊！」她傻眼，所以她在圖書館聽到的那些談話，原來是因為這誇張的謠言！她承認在聚餐當時她的確是對梁嶔哲講話沒禮貌，但可沒有到喪盡天良的程度，難怪她們把她說的這麼難聽！

那她哭什麼啊？眼淚不就都白流了？搞什麼？

林詩築說：「所以我替妳解釋了，我跟剛剛那位老師說妳根本就沒有強吻人家，就只是喝醉認錯人，然後講話有些沒禮貌而已，這謠言有夠誇張的，講得好像妳侵犯人家似的。」

若允曦覺得很無言，事情都已經經過一個多月的時間了，好不容易她才忘記那天的失態，林詩築現在一講，那所有難堪的感受又通通回來了。

她摀著自己的頭趴在桌上，用力地吐了口氣，「怎麼會這樣啊？」

「我說將這件事情講出去的人有夠無聊的，這有什麼好說的啊？導致謠言越演越烈，開始無中生有，到底是哪個人看妳不爽在搞鬼啊？」

若允曦心中當然有一位人選，但她沒有說出口。

「八卦不分年紀囉……」若允曦一臉眼神死的模樣，她看著筆筒裡面一支筆端上是一隻熊頭的筆，用手指彈了彈那隻熊，一波未平一波又起，這樣的生活她是不是該習慣了？

才剛與林詩築談完，過沒多久又有一位老師前來，她只是來還東西的，看到若允曦在這，直接問：「聽說妳跟梁老師親吻了，這件事情是不是真的？」

若允曦再度眼神死，身為緋聞女主角，她有氣無力的說：「……沒有這回事，不知道哪個人在胡說八道。」

「原來沒有這回事啊！我還以為是真的呢！想說妳變勇敢的。」

「……」不，她才沒有這種勇氣，她始終都是高中時期的那個膽小鬼。

「因為就我所知，有幾位女老師偷偷喜歡梁嶔哲，但都沒有人敢有動作。」

「但我沒有喜歡梁老師……」她只能乾笑。

嗯？初戀算是嗎？

初戀又怎樣啊？都已經經過那麼多年了呀！感覺早就變了。

就連昨天把她叫去談話的那位資深老師也出現了，平常這位資深的老師根本就不會管這種小事情，要不是林芯涵在她面前數落著若允曦的不是，被她抓到了她的小辮子，否則她也不會刻意放大這種無聊的事情。

「若老師，我覺得身為老師，不應該喝這麼多的酒導致自己失態而侵犯到別人。」她說，語氣聽起來有點尖銳。

侵犯？有必要講這麼難聽嗎？

「等等，我聚餐那天根本就沒有強吻梁老師好嗎？」她再度解釋。

「沒有啊？我還以為是真的——」

若允曦真的不喜歡大家在討論她的事情，更何況還是一件無中生有的八卦！

況且這件事情若真要拿出來討論，那也是她跟梁嶔哲之間的事情，而她跟梁嶔哲早已說開，她跟他道過歉了，而他也接受了，所以根本就已經不需要再糾結這件事情了。

為什麼偏偏在她把所有情緒都整理好、都平復好的時候來跟她談這件事情？更何況那天已經是下班時間，下班後同事們一起聚會這件事情也要管嗎？

若允曦越想越覺得委屈，越想越覺得不合理，也越想越生氣，有股熱氣漸漸地集中在自己的腦袋，惹得她有點頭疼。

當她正準備要回嘴的時候，梁崁哲不知道什麼時候出現在她身邊，伸手拉住她的手腕，制止她向前，隨後腳步稍微往前站。

若允曦頓時間愣住，愣愣地看著突然出現在身邊的梁崁哲。

他又再度站在她的面前了，這一剎那，時光彷彿跌入了當時她站在走廊難過的那一天，暖陽高照，而他站在她的面前，寬厚肩膀直接擋住她的視線，卻像風兒一樣的將她身上的悲傷掃走了一半，若允曦愣愣地看著他，一時之間恍了神。

那位資深老師見到梁崁哲一出現，她雖然是資深老師，年紀比他們長許多，他們理所當然的要給予尊重，可是講白了，大家的職稱都是教師，沒有上司下屬的關係在，她也只是仗著自己是資深前輩，而自以為是的想管理這些看不順眼的小輩而已。

「黃老師，不好意思，這件事情就到此為止，謠言是假的，應該聽過三人成虎這故事吧？」梁崁哲很客氣地說。

若允曦低頭看著他那原先抓住她手腕的手，往下滑，輕握起她的手掌，她下意識地想要抽開自己的手，沒想到卻被梁嶔哲緊握住。

她瞠眼，一臉不明白地看向他，不懂他為什麼要牽她的手，她目光看向林詩築，而林詩築一臉無語地看著那位資深老師，在場的所有人都看著那位資深老師，沒有人注意到若允曦的手正被梁嶔哲牽著。

若允曦下意識再度想抽回自己的手，僅僅只是不想被大家誤會她跟梁嶔哲之間的關係，這牽手畫面如果被發現，再加上那該死的緋聞，到時候真的跳到黃河也洗不清了。

「梁老師，若想找對象我可以幫你介紹，別喜歡像若老師這種喝酒就失態的女人，這有點不太好，有礙於觀瞻。」當中，有老師這樣對梁嶔哲說。

若允曦聽了蹙眉，心中一股怒火堵在喉嚨那裡，現在大家是裝作沒看見她逕自地說起她的不是，是嗎？這也未免太不尊重人了吧？

她感到不悅，終於忍不住開口：「我那天只不過認錯了人，講話有點大聲而已，是，我承認我當下的確是有些失態，但也沒這麼嚴重吧？嚴重的是那誇張且無中生有的謠言，你們有必要因為這謠言這麼針對嗎？怎麼不把謠言誇大的人給找出來？」

感受到身邊那像是小貓豎起毛即將要抓狂的若允曦，梁嶔哲牽著她手的力道微微增加，揉捏起她的掌心，手指壓了壓掌心上的柔軟，似乎提醒著要她別再說話了。

若允曦滿是不解地看著梁嶔哲，再度想抽回手又被他緊握住，這一次是十指緊扣。

「梁——」她正要開口，卻被梁嶔哲給打斷，「那怎麼辦啊？」他目光看著大家，神色自若地說：「我就是喜歡她啊！」

這一瞬間，若允曦瞪大眼睛，原本在掙扎的手一時之間失去力道，愣愣地轉頭看著他，而在場所有人都不敢置信的看著他的方向。

「所以，別再想說要介紹女生給我了，也別再說若老師怎樣了，剛剛也說了，謠言是假的，其實我自己私心是希望謠言是真的啦，畢竟是我喜歡人家嘛……可惜是假的，不過既然我現在有喜歡的人了，也請大家不要為難我喜歡的人。」他微笑繼續說：「不然我會很難過的。」

若允曦此刻彷彿被雷劈到腦袋一樣，殘留的麻痺讓腦子全然空白，她與林詩築對上眼，林詩築用唇語對她說：「什麼時候開始？」

若允曦用力搖搖頭，她根本什麼都不知道啊！

梁嶔哲現在會挺身而出，到底是要解救她，還是給她添麻煩啊？

重點是，他知不知道自己在說什麼啊啊啊！

不遠處的林芯涵抿著唇，嫉妒在她臉上展現，美麗的容顏籠罩著陰沉，露出一股陰森氣息，她悶哼了聲，轉頭離開。

而站在梁嶔哲面前的那位資深老師，被這突然的神展開給弄到懵了，她回過神後支支吾吾的，「好、好，沒事就好沒事就好，那就到此為止。」到底是什麼事情沒事就好，她因為驚嚇過度一時之間忘記原本要數落的目的了，敲敲腦袋，緩緩地離開。

若允曦則是趁現在用力抽回她的手，這抽手的動作讓梁嶔哲蹙眉，「怎麼？不喜歡我牽妳手嗎？」

若允曦無言瞪著他，「你知不知道自己到底在說什麼？」

梁嶔哲點頭，然後笑了，「我當然知道自己在說什麼啊！」

「啊？」若允曦瞠眼，一臉不敢置信地看著他，她現在腦中所有的思緒都被抽光，一片空白。

一旁的林詩築則是蹙眉，遲遲反應不過來，這兩人之間有發生她不知道的事情嗎？除了酒醉失態後，之後不是就沒有了嗎？還是他們私下有偷偷約出來？好呀！若允曦怎麼都不跟她分享？

若允曦看向林詩築，眨著眼，眼睛釋放出求救的電波，可林詩築此刻裝作自己是透明人，用手擋住自己的眼睛，覺得自己要被眼前這畫面給閃瞎了。

輕吐了氣，若允曦看向梁嶔哲，緩緩說：「梁老師，謝謝你替我解圍，對吧？你應該是在替我解圍吧？你故意讓自己成為眾人的焦點，使大家別再針對我，這我謝謝你，可是說這個謊……」

「不是說謊啊！」梁嶔哲雙手插著口袋，凝視著她，雙眸中漾出暖意，暖得像曬過太陽的棉花一樣，就連臉上的笑容也柔軟到令人融化，他再度神色自若地說：「我喜歡妳這件事是真的。」

若允曦的眼睛瞪著更大，她覺得空氣都停止流動了，差點連呼吸都忘記。

見狀，梁嶔哲笑了，故意俏皮的歪了一下腦袋，「要不要跟我交往，妳考慮一下。」說完後，他離開辦公室。

他好像丟了一顆定時炸彈一樣，讓若允曦整個措手不及。

梁嶔哲走後，林詩築問：「喂！這什麼神展開的告白方式啊？妳是不是還有什麼事情沒跟我說？給我從實招來！」

連周圍的同事也來圍觀。

「允曦，妳跟梁老師之間是怎麼回事啊？什麼時候開始的？」

「這告白也太浪漫了吧？連我都差點被他撩走了。」

「妳知道我們私底下都稱他是男神老師嗎？」

「這根本就是偶像劇情節啊！」

若允曦只覺得一個頭兩個大，「我不知道啦……」她摀住自己的耳朵，「別問了，我真的什麼都不知道啦……」

她實在欲哭無淚啊！因為她真的什麼都不知道啊！

梁嶔哲，怎麼可能會喜歡她啊？

初戀怎麼可能會有結果啦？

第六章

高中時期，每週的星期二學校會固定舉行升旗典禮。

典禮開始前，每個班的學生一一入場，頂上的太陽大到讓底下的學生哀聲連連，期盼升旗典禮能夠趕快結束，期望等等主任不要講太多廢話。

而司令台上那上台領獎的白色身影成為了當時若允曦的目標，她的目光一直凝視那身影，她忘記太陽曬在皮膚上的難受炎熱、忘記剛剛教官上台斥責那些服裝不合格的謾罵聲，周圍的同學好像都不存在，整個世界只有她跟他，她的目光緊盯著他看，期許對方在下一秒能夠發現她的存在，只是，那白色身影眺望著湛藍天空，根本就不知道底下有位學妹正緊盯著他看。

穿著高中制服的若允曦因為身高的原因被安排站在班級的最後一排，其實她的身高並沒有不矮，約一百五十八公分左右，只是同班的女生身高都比她高，所以她也就成為了班上最矮的女生。

得到全校第一名的梁嶔哲拿著獎狀走下司令台，回歸於班級的時候他經過了若允曦的身邊，眼眸中像是蒙上了一層冬天的薄霧一樣，給人一種冷漠疏離的感覺。

當時若允曦被他散發的冷漠弄懵了，在開學那天見面時，他人明明溫和的像暖風一樣，可是這次怎麼變了一個人似的？

這是他們的第二次見面，她還記得他，而他，早已忘了在開學那天匆匆見過的那位學妹。

而他的身影此時被她牢記在心中。

一直希望自己能夠靠近他，能夠當朋友，可一旦兩人因緣際會而拉近了距離，若允曦卻始終沒有勇氣上前跟他打招呼。

她還記得為了能夠與他一起上台領獎而努力的自己，拚命地讀書，還買了一堆參考書來寫，寫完了兩本計算紙，用完了五支筆的墨水，所有的一切就為了增進自己的成績，為了能夠與他一同上台。

最後經過了幾學期後她上台了，可是司令台上再也沒有他的白色身影。

若要說若允曦她的青春中有哪份遺憾在，可能就是高一的那一年遲遲沒有鼓起勇氣向前與梁嶔哲學長再度說上話吧。

若允曦睜開眼睛，看著那被太陽微微照亮的天花板，鬧鐘在下一分鐘響起，她就這樣讓鬧鐘響了又響，昨天的記憶湧上，她哀叫了一聲，下一秒便撐起身子快速起床梳洗更衣。

她不斷地想著梁嶔哲昨天那樣的告白到底是不是真心的？她與他才相識兩個多月而已，說好感，也許可以扯上，但說喜歡，這份喜歡未免也來得太快、太突然、太荒唐了。

整頓完畢之後她走出租屋處，看見外頭的陽光，又是一天的開始。

下了公車，她如往常走進校門口對面的那家早餐店，找了個空位坐下，她的目光不再是凝視著外頭經過的那些人，而是繼續想著昨天那荒唐的告白。

不管怎麼想，都覺得梁嶔哲是在開玩笑，在昨天以前他從來沒有表現出任何喜歡她的行為啊！

「老師，妳的原味蛋餅跟熱豆漿。」幾乎每天來的她，連老闆也認識她了，這所學校的老師最愛來這家早餐店光顧，一來這家店就在學校門口的對面，很方便，二來這家店的價格非常親民划算。

若允曦點頭微笑，從手提袋中拿出了自己的環保筷出來，用完早餐後，她從早餐店走出，卻看到梁嶔哲站在早餐點外頭等著外帶。

他也發現了她，向她微笑招手，「早安。」

「早。」她回應，目光盯著他看，此刻陽光從他身後的方向照耀過來，使他整個人看起來好像從一道光中走出，身上灑滿了金粉，陽光將他臉上的肌膚襯得更白潤、更耀眼奪目。

他歪著頭對她微笑，目光柔情，看著這微笑，若允曦沒有好氣地開口叫道：「梁老師。」

「嗯？」

「我想了想，我還是覺得昨天的事情是假的，你只是看在現場有這麼多位老師在，體貼的你不想讓大家把注意力集中在我身上、不想讓我成為被嘲笑的目標，所以你才說了善意的謊言。可是若事後當場承認自己是在說謊，那麼這謊言總有一天一定會被戳破，所以才繼續編謊騙我說你的告白是真的，是嗎？」她想來想去也只有這種結果了。

因為，他怎麼可能會喜歡她？

梁崁哲垂下眼簾，一手提著黑色公事包，一手插進口袋中，今天的他穿了一件白色的襯衫，下半身是一件黑色長褲，這樣的打扮看起來不休閒，帶點微微正式的模樣。

他的聲音帶點沙啞，「允曦，妳還記得妳人生中第一次心動的那天嗎？」

以往他都喊她若老師，今天卻喊她允曦，是她的名字，如此親暱的稱呼讓她的心跳聲少了一拍。

若允曦愣了愣，不明白他此刻的問題，可是還是認真的想著。

第一次心動？

她腦中的畫面不由自主地跳到當時高一開學那天遇見梁崁哲的那一瞬間，這瞬間她屏住呼吸，輕抿著唇，下意識逃離此刻梁欽哲帶點強烈感的注視。當逃離他的目光，那急促的呼吸才恢復正常。

「心動的當下是不是覺得呼吸錯亂、心跳加速，腦海被那位令妳心動的對象占滿了？」

「……然後？」她找回自己的聲音問。

「我對妳有這種感覺。」他笑著說，上前與早餐店老闆結了帳。

若允曦傻愣地看著他，這人告白為什麼可以這麼自然啊？

「梁老師，你……你這應該是氣喘吧？你有氣喘嗎？」她認真問。

過幾秒鐘梁嶔哲笑了出聲，沒有說話的往前走。

若允曦就那樣跟在他身後，繼續說：「還是梁老師，你是不是有可能是因為心臟有問題，或者是肺部有點不太好之類的相關疾病啊？你……要不要去醫院做檢查？」

他又笑了幾聲，「妳是不是希望我心臟有問題？」

「當然沒有啊！」她立刻否認。

「這麼不想讓我喜歡妳嗎？」

「也不是啦……」她又立刻說。

「那就是希望我喜歡妳囉？」

瞬間若允曦瞠眼，這才知道自己落入了他的文字陷阱，面紅耳赤的失措，梁嶔哲見狀又笑了幾聲。

她有點氣急敗壞地看著他的背影，真的是好氣又好笑。

辦公室內，梁嶔哲在用完早餐後從藥盒裡拿出了幾顆藥，仰頭配水吞下去。

吃完藥後，他的目光看著藥盒，這藥盒總共有十四個小格子，每天的早晚都要服用，剛剛若允曦還真猜對了，他真的患有心臟方面的疾病，雖然當時表面上笑笑的，可當下他的心中是吃驚的。

隨後將藥盒收進包包中，如往常一樣做起自己的事情，首先他會先打開電腦，在早自習前會先看一些時事新聞，之後看課表確認今天的課程，早自習的時候他會從座位上起身到自己的導師班級走一趟。

高三的學生們即將面臨考大學，他們幾乎每節早自習都有安排考試，有些人寫完考卷後會拿起其他科目開始讀，有些人則是趴在桌上小憩。

梁嶔哲悄悄地走進教室站在講台前簽教室日誌，一眼望去，講台上每個學生在做什麼他都看得一清二楚。

「黃品賢，不要再看漫畫了，學測不會考漫畫內容的。」他的聲音讓底下的同學笑起，座位中那位叫黃品賢的男同學趕緊將漫畫收起，臉紅嘟起嘴，表情有點不悅。

「別臭著一張臉，明年上大學後的你可是會感謝我的。」梁嶔哲說。

「老師，我只是在放鬆而已。」他解釋。

「我知道你在放鬆啊！所以我才沒有沒收你的漫畫。」

「……」

梁嶔哲就這樣在導班裡待了一整個早自習的時間，這是他每天都會做的事情，早自習結束後，他就會回到辦公室，在經過專任老師辦公室的時候，他的目光看著待在座位上沉思的若允曦，腳步不自覺停下看她。

眼前的女子在那天酒醉的失態下，對著他咆哮，要他離她遠一點，雖然說不上冒犯，但他當下確實有被她給嚇到，那樣的直率、一點都沒有氣質的糊塗樣，讓他回想起高中那最純粹也是最懷念的時光。

只是那些年的年少瘋狂，再也找不回了。

他的年少，本來就找不回了，時間一直在進行無法回頭；但他的瘋狂，也同樣失去了。

瘋狂可是每個年齡層都可以做的事情，比如有些大學生或是年長者會去熱血的環島、或是做一些極限運動，但是自從大學第一次發病後，他就什麼都不能做了。

若允曦此刻像是感應到什麼一樣，她抬頭，正巧與他對上眼，下一秒她吃驚地看著他，而他透過窗戶朝她招手微笑，接著轉身離開。

專任老師辦公室內的若允曦傻眼，看著梁嶔哲剛剛消失的那方向，轉頭看向林詩築，林詩築正在補口紅，連看都不看她的說：「梁老師幹麼跟妳眉來眼去的，就直接進來不就好了？妳可以請他進來啊！我很歡迎。」

「不要。」若允曦差點尖叫。

林詩築抬眉，「妳要考慮多久？」

「什麼考慮多久？」

「跟梁老師交往啊！他都說他喜歡妳了，不是嗎？」

「我——」她差點咬到自己的舌頭，「我不會跟他交往。」

「為什麼？他不是妳的初戀嗎？」

若允曦沒好氣地說：「若妳的初戀突然出現在妳面前跟妳告白，妳會跟他交往嗎？」

沒想到林詩築卻說：「若他單身，我也單身，我會哦！」

若允曦無言了幾秒鐘，「但我不要啊！」

「為什麼不要？」補好口紅的林詩築正色看著她。

「哪有人才認識不到三個月就告白的，怎麼想也覺得不太可能啊……我還是覺得是梁老師在鬧我欸！他應該是在耍我吧？其實他根本就沒有喜歡我吧……他怎麼可能會喜歡我？」講到最後一句，她表情失落，但自己沒有發現。

林詩築蹙眉，將口紅收起，「妳覺得他根本沒有喜歡妳？」

「對啊！」

「可是妳現在是失望的表情欸！這不就表示妳心中其實是希望他真的喜歡妳嗎？」

「我哪有？」若允曦眼睛瞪大。

「矛盾！」林詩築說。

「哪有？」

林詩築說：「我覺得妳不要去在意什麼時間，因為愛情根本沒有什麼時間限制，不是時間長，感情就會濃厚，也不是時間短，感情就會淡薄。愛情就是一件不可思議的事情，有時候偏偏就是會在妳還沒有準備好的情況下來了啊！不然怎麼會有一見鍾情這個詞？」

若允曦微微嘟起嘴，她完全不知道要回應什麼。

現在對她來說最不可思議的是：梁嶔哲竟然會喜歡她。

轉頭透過窗戶看向外頭的藍天白雲，白雲像棉花糖一樣緩緩的在一張無盡的藍紙上漂浮，她收回目光，自問著怎麼沒有看到奇怪的景象，好證實現在自己是在夢境中？比如天上會有妖龍在飛、或是飛碟來襲什麼的。

「就是因為這份喜歡來得太快太突然，虛幻的好像抓不住一樣，感覺……有點不真實。」若允曦蹙眉，總覺得有點不可思議。

林詩築說：「那就去抓緊啊！」她低頭看著自己手指，上頭有她昨天做好的水晶指甲，「我跟妳說哦！我這個人最討厭別人放閃了，若你們之後談戀愛不准在我面前放閃，否則我戳瞎妳的眼，知不知道？」

若允曦頓時之間拉回目光，看著她，「我又沒有說要跟他交往。」

林詩築一臉無言地看著她，「若沒有要跟他交往，請直接去拒絕，不要在這邊煩來煩去，看到妳因為梁老師在這煩惱，這也是放閃的一種欸！真是討厭……」

「……」若允曦的臉呈現一種無辜的狀態，很像一隻小狗，哭喪著臉搖著尾巴。

此刻，若允曦的手機響了一聲，她低頭看，是梁嶔哲傳來的。

『下班後一起去看電影，好嗎？』

她瞠眼。

林詩築探頭，看到訊息裡面的內容，嘖了一聲，「這還真是時候啊！」

「什麼意思？」

「讓妳可以拒絕他的時候。」

「拒絕？」

「妳剛剛不是說要拒絕梁老師嗎？」

「可是……」

「妳吼！要妳接受妳也在那邊可是，要妳拒絕妳也在那邊可是，做事不要拖泥帶水的。」林詩築瞪了她一眼，旁觀者的她實在有點看不下去了，眼前這人絕對需要推一把的。

「我總覺得要想清楚。」若允曦說。

「照妳這樣的個性，妳是要想到民國幾百年？給妳一百年的時間去想妳也想不清楚，等到妳一百歲了，人家早就子孫滿堂了妳也還在想，與其想，不如直接跟他單獨約會一次看看。」說完，林詩築搶走她手上的手機，直接幫她回了訊息。

「詩築，妳——」若允曦傻眼，林詩築在回完訊息後將手機丟還給她。

她沒有在上面多回其他什麼，單單又有一個好字而已。

『好。』

若允曦看著簡訊內容，欲言又止，抬眸一臉不悅地看著林詩築，但想想林詩築說的話也沒有錯，與其一個人在這邊想東想西，想到海枯石爛天荒地老，不如直接與梁嶔哲單獨約會一次，看看自己跟他單獨相處的感覺怎樣。

她最後妥協，「好吧，就這樣吧。」

林詩築伸伸懶腰，覺得自己做了一件好事，臉上的笑容加深。

突然間，若允曦想到林芯涵這個人，她看向林詩築，「詩築，妳知道林芯涵老師嗎？」

「知道啊！高三導師，跟梁老師同一間辦公室啊！她怎麼了？」

「她……她喜歡梁老師欸。」

可林詩築的反應卻平淡，「好像吧。」

「啊？」若允曦愣住，為什麼她的反應就只有這樣子？

林詩築送她一個華麗的白眼，「讓我猜猜妳現在心裡在想什麼，因為林老師好像喜歡梁老師，為了不要讓林老師覺得不開心，所以妳對於今晚的約會有點苦惱，甚至想說要不要乾脆不要去算了，以免讓林老師更加討厭妳。」

若允曦眨眨眼睛，這人是她肚子裡的蛔蟲嗎？為什麼連她在想什麼她都知道？

可實際上是因為她的想法太容易被猜到，只是她自己沒有知覺。

「妳若一直在意別人對妳的想法，那妳什麼事情都做不好的。」林詩築對她說。

「當我庸人自擾吧。」

「妳是啊！而且我覺得妳很奇怪欸！林老師跟梁老師兩個人妳明明就跟梁老師比較熟，為什麼妳就不顧及梁老師的心情？如果妳今天晚上不赴約，難過的會是梁老師欸！」

這句話完全打醒了若允曦，她心中只想著自己不要再被人給討厭，可是竟然沒有站在梁嶔哲那替他著想，她到底在幹麼啊？

「快下班的時候記得來找我，妳肯定沒有隨身攜帶化妝品的習慣，我來幫妳補一點妝吧！」

林詩築說得沒有錯，若允曦在每天早上出門前頂多弄個底妝而已，偶爾會加上腮紅讓自己的氣色看起來好一些。通常一整天下來妝會掉一些，但若沒有仔細看根本也不會發現，所以她確實沒有隨身攜帶化妝品補妝的習慣。

「那就麻煩妳了，愛情顧問。」她看著林詩築說。

能在工作職場上交到這樣子的朋友，也許是因為她上輩子做了很多善事吧。

某節下課，若允曦去廁所的時候撞見了林芯涵，若允曦下意識地對她點頭微笑，自從進入這所高中，只要撞見老師，不管是熟或是不熟的，她都會主動向對方打招呼。可林芯涵一看到她，臉上的表情立刻沉下，變臉快速，她將她當作是透明人一樣的擦肩而過。

屬於林芯涵腳上高跟鞋的叩叩聲漸去漸遠，若允曦看著她離開的高挺背影，搖了搖頭。

若允曦雖然覺得林芯涵很莫名其妙，但想了想，就因為對方已經看她不順眼了，是不是不管她做什麼事情，她還是不喜歡她？所以，就算她拒絕了梁嶔哲的邀約，她也還是不喜歡她啊！真是奇怪，那她幹麼要活在對方的眼中？是不是？

這樣想了想後，心中那些擾人的芥蒂頓時被一掃而空，上完廁所後站在洗手台面前洗著手，她看著鏡子中的自己，若昨天知道今天要約會，應該穿件洋裝才對，偏偏她今天穿了她常穿的那件牛仔褲，搭上帆布鞋，整個人看起來根本不是要約會的樣子。

但算了，若她回家換衣服，豈不是讓梁嶔哲覺得她很期待這場約會嗎？

這天下班前，林詩築在回家前幫她補了點妝，擦上淡淡的粉色口紅，可是她低頭看著若允曦身上的穿著，搖搖頭，「完全看不出妳今天是要去約會的，竟然給我穿帆布鞋，妳不知道女人就是要穿高跟鞋才會顯得有自信跟氣勢嗎？」

若允曦看著鏡子中的自己，「自信我了解，但我幹麼要有氣勢啊？而且電影院裡面黑漆漆的，就算

過嗎？」

她的回答讓林詩築頓時間無言以對，輕敲了敲她的頭，罵了她一聲：「笨蛋，女為悅己者容，沒聽

「聽過是聽過啊！」她摸摸自己的瀏海，笑了笑，「改天吧。」

「看妳笑成這樣，一臉幸福的模樣，我眼睛真的快瞎了。」林詩築雖然抱怨著，但她也為她開心，希望若允曦等等跟梁嶔哲會有個美好的約會。

可是，她們不知道的事情是，此時此刻那屬於高三導師班的辦公室中，梁嶔哲臉色慘白的坐在自己的座位上，他冒著冷汗，胸口非常地悶痛，全身非常地無力，整個人非常地難受。

光是要起身，就無法起身了，更別說要走到若允曦的身邊。

因為下班時間已經到了，整間高三導師辦公室只有他一個人在，所以沒有人發現他現在的情況。

剛剛他被自己的學生叫回導班一趟，發現班上一名同學因為壓力大而把所有的課本都泡在水桶裡面，他見狀，表情嚴肅地叫那位學生清理。

平常梁嶔哲並不是容易動怒的人，他的情緒控管非常好，就算有人在他面前歇斯底里地發飆，他也可以非常理性應對。可偏偏這位學生踩到了他的雷，那位學生竟然非常沒有禮貌地指著他的臉，「問

候」他母親。

當下他的臉瞬間變了，怒火在心中被點燃，「你再說一次？」

這名學生仗著他是家長會長的兒子，平常雖然時常惡作劇搗亂班上的秩序，但都在他可以忍受的範圍內，他也都好好地處理與溝通，也許是因為高三的壓力真的很大，學生們的壓力不僅來自自己的父母，還有各科的老師，這名學生受不了這樣子的壓力，前幾天就開始逃課，好不容易被父母給找回學校，卻開始作亂。

當化學老師斥責他在考卷上面亂畫的時候，這名學生怒吼，一氣之下走到外面提了水桶，將所有的課本跟參考書都浸泡在裡面！

這情況讓化學老師嚇傻，班長趕緊跑到辦公室去找梁嶔哲，梁嶔哲一進教室就看到這悽慘的模樣，教室後面的地板上放著幾本慘破不堪的課本，每一本課本都溼透透的。

被學生辱罵後，他面無表情地看著那位學生，胸口因為動怒而有點悶，他用力地喘了幾口氣，貪婪吸取空氣，此刻的空氣對他來說如此珍貴稀有，他喘了喘，看著被眼前畫面嚇傻的化學老師，請她先行回到辦公室裡面。

他冷漠看著那位學生說：「我媽在我大學四年級的時候就過世了。」這句話完全沒有任何溫度，卻像巴掌一樣的抽在那位學生的臉頰上，那位學生整個人震住，班上每個人頓時噤若寒蟬，連呼吸都小心翼翼的，沒有人敢發出聲音。

見到梁嶔哲的冷漠，作亂的那位學生稍微恢復理智，卻拉不下臉道歉。

梁嶔哲做了幾次深呼吸，冷漠地說：「怒罵師長，警告一支。在班上作亂影響秩序，再警告一支。我給你十五分鐘的時間將教室清理乾淨，明天放學前交悔過書給我。」沒有任何退步，沒有任何商量的餘地，說完後他離開教室。

而後，梁嶔哲就因為胸悶而一直待在辦公室中，直到現在大家都下班了，他神色有些不太對勁，從剛剛到現在不敢有任何的動作，吃了緊急的藥物控制後，讓自己腦袋放空，好好休息。

可待了將近半小時的時間，他還是覺得胸口有點不舒服。

若允曦在自己座位上等了許久，心中不停地在拉扯，自己腦補一堆劇場出來，甚至還想說是不是梁嶔哲後悔要跟她看電影了，東想西想的，最後決定自己主動來找梁嶔哲，走進高三導師辦公室，卻透過窗戶看到梁嶔哲一臉慘白的待在座位上，他緊閉著眼，神情痛苦。

見此，若允曦嚇傻了，她趕緊推開辦公室的門走近他，上前關心：「梁老師，你……你沒事吧？」

若允曦的聲音讓梁嶔哲從思緒中回神，他睜開眼睛看著她，眨眨眼，一時之間還以為面前的她是幻影。

他的眼神逐漸對焦，目光中若允曦的臉變得清晰。她滿臉擔心地看著他，臉上的肌膚紅潤，又有著看似吹彈可破的白嫩，下一秒鐘梁嶔哲不禁微笑起，她會主動來找他、會這麼擔心他，是不是表示其實她也喜歡他啊？

緊閉著眼，梁欽哲輕吐了口氣，感覺到胸口已經沒有像剛剛那樣難受了。下一秒鐘他睜開眼睛，若允曦那張臉近在咫尺，腰微微彎下詳細地看著他，捲翹的睫毛顫動起，外頭夕陽的餘暉灑進辦公室中，將她一側的臉頰給照亮，幾縷金色的髮絲飄揚，也在她的睫毛上灑下金粉，這畫面讓他瞬間悸動了。

「就是現在這時刻。」看著她，他突然說。

「啊？什麼？」若允曦站直身子，滿臉納悶。

梁嶔哲微微笑，「心動啊！」

有如璀璨火花在心中綻放，一朵一朵的燦爛，一次又一次的心顫。

若允曦傻眼，這人講這種令人臉紅心跳的話怎麼都不遮掩或是修飾一下？這麼直接又肉麻的讓她不禁懷疑他是不是對很多女生說過。

「梁老師，你……」她沒好氣地開口，差點翻了白眼。

梁嶔哲打斷她，以為她又要說他是不是心臟有問題之類的，所以他直接搶一步，「不是心臟病發作，也不是氣喘，我可是能搞清楚心臟病發作跟心動之間的差別。」

他這老神在在的模樣讓若允曦覺得古怪，她不禁說：「你又知道這之間的差別哦？」

「知道啊。」他笑著，再次確認自己已不再胸悶，能行動自如了，而且呼吸也平穩了，便起身拿起公事包，「抱歉，妳等很久了嗎？」

「還好啦……也沒有很久。」

「那我們走吧。」梁嶔哲擺擺手，頭朝著辦公室門口點了一下，「約會。」

若允曦趕緊糾正，「才不是約會咧。」

這樣的反應讓梁嶔哲笑了，「好、好，不是約會。」

最後，兩人一前一後的離開辦公室。

第七章

由於若允曦與梁嶔哲兩人還沒有很餓，所以決定先去看電影。

兩人選了一場風格輕鬆的電影，過程中歡笑不斷，好幾次逗得若允曦哈哈大笑，差點飆淚，看完後兩人簡單吃了飯，談到電影內容，若允曦就興奮地像小孩一樣。

她的笑容讓梁嶔哲想起當時她在籃球場上的模樣，那樣的有活力又活潑，就是那麼一瞬間，短短不到一秒鐘的時間，他被她的笑聲跟笑容給抓住目光，甚至弄亂他的心跳聲，想到這他不禁笑起。

若允曦看到他突然笑著，然後是對著自己笑，她蹙眉，「你在笑什麼啊？」

梁嶔哲說：「妳猜猜。」

「我才不想猜。」她拿起小湯匙開始挖著剛剛服務生送上的甜點布丁，吃進嘴裡時，那焦糖的香氣與布丁本身的滑嫩感瞬間蔓延到整個口腔，她五官緊皺，心中為這樣好吃的甜點打上很高的分數。

「妳們女孩子是不是都喜歡吃甜的？」梁嶔哲看到她的反應不禁問。

「可以抒壓啊！」她回答，又低頭吃了一口，表情跟剛剛的反應一樣，洋溢著滿出來的幸福感。

見她吃得津津有味，幾乎可以去當美食影片的主持人了，梁嶔哲把他還沒動過的布丁推到她的面前，「那我這份給妳。」

「啊？梁老師你不吃嗎？」

「看妳這麼喜歡吃，就給妳吃囉！」他正色，「還有允曦，妳可不可以不要叫我叫得這麼生疏？妳可以叫我的名字。」

若允曦微微一愣，故意跟他唱反調，哼了聲，「我才不要。」她有點傲嬌的將布丁推回他的面前，「這個你自己吃掉。」

低頭快速將最後一口布丁吃下，她從座位起身，「我去一下廁所哦。」

梁嶔哲點頭，在若允曦去廁所的時候，他趕緊跟服務生要了一杯白開水，將藥盒從包包裡拿出來，倒在手掌上，幾分鐘後服務生送上水，他說了聲謝謝後，將藥放進嘴巴中，配上水嚥下去。

不曉得怎麼一回事，剛剛在看完電影後又覺得胸口不太對勁，雖然沒有像在學校那樣子的劇烈悶痛，但還是有些不舒服，偶爾呼吸會急促，可他裝作鎮定，沒有讓若允曦發現他的不對勁。

滑開手機打開行事曆，梁嶔哲打算明天有空檔的時候去醫院回診做檢查。

若允曦在走出廁所的時候剛好看到他吞藥的畫面，微微愣住，走到他面前的時候問：「梁老師，你為什麼在吃藥？感冒嗎？」

梁嶔哲心中一驚，沒想到竟然被她看到剛剛的畫面，在學校吃藥的時候他都會刻意挑選身無旁人的時候吃，吃藥的動作練就非常迅速，在學校內沒有人知道他有心臟方面的疾病，他也都隱瞞起來，不想讓別人擔心。

「對，我有點小感冒。」他對她笑著說。

若允曦愣住，有點擔心地說：「那我們要不要趕快離開，好讓你可以回家休息啊？」

難怪剛剛在學校要離開的時候他看起來這麼不對勁，臉色慘白的可怕，原來就是因為感冒的關係。

梁嶔哲朝桌上的布丁點了頭，「那妳幫我吃掉。」

「原來你是因為感冒所以才不能吃甜的啊！早說嘛！」若允曦說。

「不是這樣的，我沒有不能吃甜，只是看妳吃布丁吃得這麼開心，所以這塊布丁給妳。」他正色。

這惹得若允曦有點不好意思了，她再三確認著，「你真的不吃嗎？很好吃欸！而且這布丁不會太甜啊！你要不要吃一口看看？」

梁嶔哲搖頭，燦爛的笑著，「妳吃。」

見他這麼固執，若允曦將布丁拉到自己的面前，「那我不客氣囉？」

「嗯。」

於是，若允曦再度上演洋溢著滿滿幸福的戲碼，每次吃到甜食她都會有這樣的反應。甜食雖然罪惡，不能太常吃，她自己也有在節制，但每當吃到甜食她都覺得自己幸福的要死掉，覺得自己好像躺在軟綿綿的棉花上面，身體輕飄飄的，悠揚著自由，歌頌著打從心底的快樂。

第一口布丁吞下肚後，她抬眸發現梁崁哲一直盯著她看，一手撐在下巴處，嘴角泛起了好看的弧度，被他這樣注視下她都有點不好意思了，雙頰不禁麻木，趕緊別過臉逃避他那強烈的視線。

當剩下最後一口的時候，她輕咳了一聲，「梁老師，你真的不吃？」

「嗯。」

若允曦將最後一口布丁用湯匙自盤子中挖起，伸到梁崁哲的面前，她對他說：「來吧，剩下這最後一口你自己吃掉。」

梁崁哲沒有任何動作，僅僅只是挑了眉，慢條斯理地說：「如果妳不介意，我自己是不反對還沒交往的時候就有情侶間的互動啦……」

若允曦瞬間愣住，下一秒鐘趕緊將那最後一口的布丁飛快塞進自己的嘴裡，然後抽了衛生紙擦嘴，裝作什麼事情都沒有發生的樣子。

見到她這樣，梁嶔哲不自覺笑出聲音。

「你笑什麼？」若允曦低喃，瞪了他一眼。

「好吃嗎？」他笑著問。

「好吃啊……」她低頭躲過他的眼神，從座位起身，「趕緊離開吧！你感冒要早點回去休息。」

「嗯，也好。」梁嶔哲說完起身，兩人一前一後離開這家餐廳。

時間已經將近晚上十點，夜色降臨，街上卻還是熱鬧。兩人搭捷運的時候，梁嶔哲堅持要送若允曦回家，因此陪同她在同一站下車。

若允曦有點難為情，看著走在身邊的梁嶔哲，她嚥了口口水，做了一次深呼吸後將這幾天一直想問的問題問出口，「梁老師，到底是為什麼啊？」

「什麼為什麼？」

她停下腳步，轉過身凝視著梁嶔哲，神情異常的嚴肅，她也是鼓起好大的勇氣才能將這些話自然地說出，「梁老師，你說你喜歡我，這是真的嗎？如果是真的，那到底是為什麼？」

梁嶔哲看著她，不遠處的路燈照下那如同薄霧一樣的光暈，在他深黑的瞳孔中點了一點亮，「我說過啦，因為我心動了。」

「……」這樣的理由實在有點聽不進去，而且還讓若允曦有點起雞皮疙瘩，「別鬧啦！我認真問的，而且……誰的心臟不會跳動啊？只要活著心臟就會動啊！這就是心動啊！」她非常不浪漫地說，完全破壞這微妙的氣氛。

這讓梁嶔哲笑出聲，爽朗的聲音在這安靜的街頭如此明顯，他摀住自己的唇止住笑聲，爾後充滿笑意的看著她。

「一般人心跳的頻率每分鐘可以達六十到一百下，可若遇到一個值得深深記在腦海中的畫面，這畫面是永遠都不會想忘記的，這時候心跳頻率就會加快……」他看著若允曦，說：「有那麼一瞬間，我腦中突然有個想將妳牢記在心裡的念頭浮現。」

若允曦愣了愣，看著他，腦中無法思考，就這樣被他的眼睛深深吸引住。

當感動來臨，眼前的畫面會被牢記住，而感動的下一瞬間，心跳便會加快，情緒會被眼前的畫面影響到，胸口接下來蔓延著一股難以言喻的感覺……

——就像是她此刻有的感覺一樣。

心動，就是喜歡的初始。

他深情的目光凝視著她，說：「我喜歡妳這件事是真的。」說完後，他的臉湊近。

若允曦的腳步不自覺往後退，屬於梁嶔哲的氣息離她越來越靠近，當她腳步停止後退的時候，他俯下身，往她的額頭輕輕的吻上。

這輕輕的吻不到一秒鐘的時間，他的唇離開後，卻留下一股酥麻，這酥麻感從她的額頭處開始蔓延至全身上下，她摀著額頭，呆愣看著他。

梁嶔哲此刻的柔情眼神，像是沙漠中的流沙一樣，緊抓住她的目光，在她還沒意識到的時候慢慢地流陷下去……

「趕快回家啊！還是妳在期待什麼事發生嗎？」他的聲音將她拉回現實，若允曦瞬間抽回凝視他的目光，摀著額頭，腳步有點加快的往前走，逃避著這一份令她心跳加快的原因。

當抵達她租屋處的公寓時，她飛快地從包包中拿出鑰匙，快速將公寓大門打開，頭也不回地說：「那那那我要進去了掰掰你路上小心。」說完她的身影立刻閃進去，下一秒鐘便用力關上公寓大門。

門後，她用力吐了口氣，手撫摸著額頭，對於剛剛發生的事情完全沒有頭緒，此刻心臟跳動的飛快，她的雙頰也熱起，麻木不已。

而梁嶔哲的笑容在若允曦她關上門的瞬間，消逝了，他的手摸了摸胸口處，神情嚴謹的快步離開。

當若允曦心臟的跳動頻率恢復正常後，她才緩慢地抬起腳步走回自己家。

現在她所有的反應都跟之前她與男朋友剛開始交往時一模一樣，甚至更加劇烈。

雙手摀住自己的臉頰，瘋狂搖著頭，想把這些異樣的感覺消去，可是這感覺留下的後勁卻非常強烈，深深影響她的所有。

她不禁感嘆，覺得梁嶔哲這人還真是知人知面不知心，長得一副表率又文質彬彬的，卻這麼會撩人。

若允曦她雙手互相揉搓著，將雙手上頭那豎起的汗毛全都撫平。

可是，這天的晚上卻難以入眠了，每當閉上眼睛，額頭處被吻過的地方就變得敏感，彷彿梁嶔哲的唇還停留在上面似的，彷彿他還站在她的面前對她訴說著情語……

她必須承認，她自己也情不自禁的心動了。

「昨天怎樣啊？快點從實招來！」早上一進辦公室，林詩築就緊抓著她不放，一副若她不說，她便不會那麼容易放過她的樣子。

若允曦瞬間又想起額頭上的輕吻，臉色瞬間僵硬，別過臉，「就……就很普通啊！」

「很普通？」林詩築一臉不信，「這怎麼可能啦？到底是怎樣啊？說！給我說清楚！」

「沒怎樣啦……」她依舊閃躲她的目光。

「看妳這副閃躲的模樣就知道肯定有鬼，好啊！妳不說沒關係，我去問梁老師！」說完，林詩築還真的從座位跳起，在若允曦還沒反應過來的時候，她就一溜煙走出辦公室。

啞口無言地看著她的背影，若允曦喘了喘氣，咬著下唇，沒有多久卻看到林詩築一臉失落的回到辦公室裡。

「梁老師今天請假欸。」她看著若允曦，「請假原因跟妳有關嗎？」

「怎麼可能跟我有關？啊！他好像有點感冒，我昨天有看到他在吃藥，說是小感冒。」

「哦。」林詩築回到自己的座位坐好，目光一直沒有離開若允曦，「所以妳到底要不要說說昨天的事情？」

「我……」一提到昨天的事情，她又開始閃躲了。

「看妳這樣子，肯定發生了什麼事情吧？」

「沒有啊……」她玩著自己的手指。

「沒有嗎？」林詩築看到若允曦她這副模樣，根本就是戀愛中的女人，因為害羞而躲躲閃閃的，當自己是初次戀愛啊？此時的模樣就像是小女孩一樣，而這對象還真剛好是她的初戀，也罷，反正就順其自然。

她想了想，再也沒有問下去了。

發覺身邊的聲音安靜了，若允曦抬眸看著她，林詩築正滑著自己的手機看最新上映的韓劇。

「詩築。」她喚。

「怎麼了？」她連頭都不抬的說。

「我……」她屏息，這下子終於肯承認自己的心了，她說：「我也喜歡梁老師。」

「我知道啊！超級明顯的，不然妳幹麼跟他去約會？他的目的都這麼明顯了不是嗎？雖然昨天那場邀約是我幫妳回的，可是若妳真的不想去，妳事後是可以拒絕的啊！但妳沒拒絕，不就表示妳對梁老師也有好感嗎？」

林詩築的話讓若允曦再次無言了一陣子，總覺得她能夠全然的猜出自己內心的話，她真的不是允曦肚子裡的蛔蟲嗎？

「所以決定什麼時候要開始交往？這是我比較想知道的答案。」林詩築笑著對她說，這問題卻讓若允曦汗顏了幾秒鐘。

她有點難為情地說：「再緩緩吧……總覺得現在若要開始交往有點太快……」

「哪會啊？但如果妳想要矜持一點，我是不反對啦！只是不要讓對方等太久就是了。有時候啊……

等太久，對方是會因為沒有安全感而離開的哦！」

若允曦眨眨眼，「我……我不會讓他等太久的啦！」

好不容易下定了要跟他在一起的決心，她自己心中也掙扎過幾次，最後想清楚的答案是她願意，此刻她願意將梁嶔哲他這個人牢牢記在腦海中，就像高中那初次遇見他的那次悸動一樣。

那段青澀時光雖然匆匆流逝，但曾經為他而跳的心跳聲，那瞬間的感動，這事實並沒有被抹滅掉，就這樣深深存在心中的角落處，直到某個時刻再度喚起這份記憶。

這一整天，每次經過高三導師辦公室的時候若允曦的目光都會不自覺地往他的座位望過去，就希望能夠看到他的身影，只是時間不斷流逝，梁嶔哲的辦公室座位上都沒有人在，桌上的東西被擺放的整整齊齊，顯示著這座位的主人不曾出現過。

直到放學的鐘聲響起，梁嶔哲都沒有出現過。

若允曦不免有點擔心，是因為昨天太晚回去，讓他的感冒加重了嗎？她決定打電話給他，但手機的鈴聲持續響著，一陣又一陣的，都沒有人接起。

空氣變冷了，秋天悄悄消逝，冬天緩緩降臨，短短幾天內氣溫從二十七度降到二十一度左右，校園中的每個人都為自己添加了一些衣服，以避免自己著涼。

梁嶔哲總共向學校請了一個星期的假，當回到學校的時候，他抬頭看著頂上的陽光，秋冬的陽光還是一樣刺眼無比，只是沒有被陽光灑落到的地方，卻又有點寒冷。

他走到辦公室，看到自己的辦公桌上被壓放了一張悔過書，那天放肆怒罵他的那名學生在悔過書上頭寫了很多，檢討自己的錯誤行為，裡頭也包含自己對老師的深深歉意。

梁嶔哲將悔過書折起，手指敲了敲桌子，正在沉思時，辦公室門從外頭被打開，一個小小的身影走到他的面前。他抬頭，下一秒望進若允曦那充滿擔心的眼睛裡，平時明亮的眼眸中此刻流出憂鬱的氣息。

「早安。」他扯開微笑，看著若允曦。

「早……」若允曦欲言又止，「梁、梁老師，你沒事吧？怎麼會請這麼多天假啊？而且……手機怎麼都打不通啊？你感冒有沒有好一點了？」

她真的很擔心他，甚至有幾個時刻，她都覺得他就要從這世上消失了。

如今一看到梁嶔哲他人好好地站在她面前，是如此的真實，若允曦心中放鬆了許多，這幾天的情緒都因為他不在的關係而受到影響，她是真的挺擔心他的。

「我沒事。」他說，垂下眼逃離她那擔心的眼眸，他將桌上的那張悔過書放進抽屜裡面，抽屜關上，若允曦仍然站在他的面前，他凝視著她：「若老師還有什麼事嗎？」

若老師？

若允曦頓時間愣住，目光茫然的看著他。

這生疏的稱呼是他一開始對她的稱呼，相處下來，他不知道從什麼時候便開始喚她允曦了，而她也漸漸習慣他喊著她的名字。可如今，突然的生疏稱呼才讓她意識到，其實自己挺喜歡他叫她允曦的。

「怎麼了？」他那有點冷漠的聲音讓若允曦回過神，雖然回過神了，但還是一臉納悶。

她的雙手握緊拳頭，「梁老師，你下班後有時間嗎？我……我有些話想對你說。」

梁嶔哲淡淡看了她一眼，「不好意思，我今天下班後有事情，不如……我們約今天中午午休怎麼樣？」說完他起身，也不給對方任何思考的時間，他的身影走到她的面前，淡淡的說：「就先這樣子，不好意思，我得去導班一趟。」

「……好。」若允曦只好這麼說。

他的身影在她的面前消逝，頭也不回的離開，這畫面讓若允曦極為納悶，怎麼覺得梁嶔哲他好像在閃躲她的樣子？兩人之間的疏離感是她想太多了嗎？

她那困擾的臉被林詩築發現了，林詩築問：「妳怎麼了？剛剛不是去找梁老師了嗎？那怎麼是一副苦瓜臉？」

「詩築，我覺得梁老師怪怪的。」若允曦正色說。

「怎樣怪？」

「我說不上來，就是……很奇怪。」

那樣子的冷漠，好像要驅逐周圍上前關心他的人，他的眼眸中蒙上了一層淡淡的冬霧，流釋出冰冷的氣息。

讓她感覺有點受傷。

上午的課程，若允曦要自己專注。

她站在講台上仔細講解英文課本上教的新文法，甚至舉出幾個例子來說明，好讓學生們更可以知道這文法該怎麼運用。

幾節課過去，時光在不知不覺中流逝，終於到了中午用餐時刻，中午時刻的鐘聲一響起，原本因為上課而安靜的校園頓時變得吵雜，校園像是一場亂了節奏的交響樂一樣，好像每一種樂器都使出了渾身解數，全力且放肆地發出那擾人又雜亂的聲音。

若允曦揉揉自己的耳朵，短暫驅逐那吵死人的聲音，她站在飲水機面前裝水，清澈的水從機器中流釋出，直接流進她的保溫杯中，聽著水流聲從低鳴變高鳴聲，她手指按了上頭的停止鍵，拿起保溫杯喝了幾口潤潤喉後，將蓋子鎖緊。

不遠處，梁嶔哲遠遠地走近辦公室，他看著那站在飲水機面前的身影，目光淡然，最後緩緩別開視線。

裝好水後，若允曦回到自己的座位上，座位上頭已經被放了教師們一起訂購的便當，但此刻若允曦實在沒有什麼胃口在，一想到等等要與梁嶔哲見面，她的思緒就整個混亂。

尤其早上見到了像是變了一個人似的梁嶔哲，她覺得有股莫名的害怕，便當打開後她沒什麼胃口，只吃了幾口後就冰在冰箱裡了，打算當晚上的晚餐。

時間一分一秒的過去，若允曦看著某個班級的小考試卷，雖然目光是盯著試卷，可是她的心根本就沒有在這裡。

一個高大的身影無聲無息地出現在她的面前，若允曦抬起頭，梁嶔哲此刻站在她的面前，他雖然臉上掛著微笑，但若允曦感受不到他的喜悅，此刻他的微笑只是制式化的一種表面功夫，實際上他根本就不是在微笑。

他到底是怎麼了？

在他消失的這一個星期內，是不是發生了什麼事情？

「走吧。」他開口說。

若允曦點點頭，從自己的座位上站起。

她跟梁嶔哲兩人一前一後的走出辦公室，此刻已經是午休時間，走廊上沒有任何人在，安安靜靜地只有幾片飄過來的落葉躺在地板上，加上吹來的微冷空氣，那些落葉輕刮著地板，顯得有股莫名的滄桑。

梁嶔哲帶若允曦爬了幾層樓梯，過程中他逕自走在面前，偶爾回過頭看她有沒有跟上，兩人都沒有說話。

最後他們走到某個樓梯口處，這裡的樓梯口處相隔在兩間教室中間，其中一間教室是化學教室，偶爾學生們若有需要做實驗的課程，化學老師便會帶學生來這間教室裡執行，而另外一間教室是生物教室，若有需要解剖青蛙等的動物實驗，生物老師便會帶學生來，平常這兩間教室幾乎沒有人使用，總是空蕩蕩的。

由於若允曦是第一次來到這裡，她好奇地透過窗戶凝視著教室裡面的實驗物品。

「若老師，妳要跟我說什麼？」梁嶔哲的聲音將她的注意力拉回，雖然他心中此刻也覺得她探頭探腦的模樣有點趣味，甚至是可愛，可是若要疏離一個人，他就得表現出冷漠。

沒有錯，經過一個星期的時間，梁嶔哲他決定要疏離若允曦，決定……要將他喜歡的人推離得遠遠的，裝作沒有這份喜歡的存在。

第八章

梁嶔哲患有先天性的心臟疾病，可是這疾病在小的時候他並不知道，而家人也沒有發現這件事情。在國高中時刻，他的生活與普通人無異，就算做些劇烈運動也都不影響。直到大學時，與同學們澈底玩瘋了，白天除了上課外就是放肆的玩樂，有好幾次都玩到將近半夜的時間才回到寢室，平常也都沒有在讀書，是在接近段考的時候才熬夜讀書。年少輕狂中，他總是仗著自己還年輕，體力還很好，卻沒有想到他這樣的行為是在蹂躪自己的健康。

第一次發病是他大三的時候，當時時間是半夜三點，他正與室友們趕著隔天要交出去的報告，只是這份作業很燒腦，他坐在電腦面前思考，總覺得腦壓有點高，這暈眩讓他不是很舒服，想趴著小憩一下，卻在突然間心臟處一陣劇烈的抽疼，下一秒鐘他整個人從座位上跌在地上！

室友看到梁嶔哲臉色痛苦地縮著身子躺在寢室地板，每個人都嚇死了，當下立刻打電話叫救護車。到了醫院，經過一連串檢查後，才發現他的心臟瓣膜處比一般人還要狹窄一點，因為瓣膜功能無法完全開啟，導致於通過的血量減少，若是他平常生活作息正常，這種狀況發生的機率是會降低的，但就是因為他如此摧殘身體，身體才會有這樣的警訊。

自從那天後，他開始服用藥物，依靠藥物來控制病情，夜生活的壞習慣一夕之間全部改掉，可是身體並無法回復到原本的模樣，他也試著運動過，但只要超過一定的時間，或是運動劇烈程度加大，他的心臟就無法負荷。

由於有心臟疾病，他必須隨時控制好自己的情緒管理，不能容易生氣動怒，雖然他人本來就隨和，平常也溫和可親，但偶爾若遇到讓他理智線斷裂的事情，他便無法克制這一切。

母親在他大四的那一年，被一輛酒醉的駕駛失速撞上，當時他母親只是在走斑馬線，遵守著交通規則，可那名駕駛喝茫了，大白天就在馬路上橫衝直撞的，將正在斑馬線上過馬路的路人們當場撞飛，整個過程都被梁嶔哲目睹到，那次的事故總共死了兩名路人，其中一位就是梁嶔哲的母親。

這份痛一直深深存在梁嶔哲的心中，他無法忘卻當時那撕裂般的痛苦，無法忘卻當時血流成河的慘狀。母親的過世，讓他覺得自己的身心跟著支離破碎，嚴重影響到他的生活，最後看了幾次的心理醫生才治好這心理疾病。

看著若允曦，關於她，最強烈的衝擊應該就是她那次酒醉後的失態吧！雖然那樣的失態程度算小，但是就是因為若允曦平常給人一副溫柔的模樣，說話輕聲細語的很有氣質，做事規矩的像是個乖孩子一樣，那次倒是第一次見到她火爆地朝他吼著，要他離她遠一點，她簡直成了另外一個人。

兩人一開始僅僅是普通的同事關係，彼此沒有很熟，完全就是當時那失態的瞬間拉近了兩人之間的距離，他的心情當時就對她這樣子的糊塗跟輕狂產生強大的變化，宛如波濤洶湧一樣，帶著巨大能量的海浪打來。

自此過後，梁嶔哲目光不由自主地開始注意若允曦，而真正為她心動的那一次，就是偶然撞見她在籃球場上的那次，當時她在籃球場上奔跑的歡笑聲陣陣傳進他的耳中，那愉悅的笑聲輕輕顫動著他的心，看著那嬌小的少女，明明長得嬌小運動量卻十足，臉上笑容璀璨的令人奪目，好像一朵美麗的花綻開，釋放出自信的光采，又像是珍貴的珠寶，閃爍著光澤，在那短短的一瞬間，這畫面情不自禁的想讓他深深記在腦中，不想忘記。

甚至，想往她身邊更加靠近……

他喜歡上她，有種想一直待在她身邊的想法。

只是回診時醫生告訴他，他的狀況若發病的頻率增加的話需要動手術，光是藥物已經無法控制住，手術成功與失敗的機率各占一半，一想到若允曦臉上的笑容會因為他而黯淡，會因為他而擔心，他就於心不忍。

趁現在還只是淡淡的喜歡，趕緊抹滅掉，便什麼都可以歸零，什麼都可以重新來。

「梁老師，你是不是發生什麼事情了？」若允曦看著他，臉上滿是憂鬱。

梁嶔哲淡笑著，讓語氣聽起來輕鬆平常，「我去看醫生啊！小感冒，那天不是有告訴過妳嗎？」

若允曦聽了一臉不信，「只是小感冒，怎麼可能請假一個星期啊？你，真的沒事嗎？」

「嗯，真的沒事，謝謝妳的關心。」

「真的，沒事？」她狐疑看著他。

梁嶔哲嘆口氣，輕笑出聲，「其實我回醫院的時候還做了身體檢查。」

若允曦聽了不禁問：「然後呢？檢查結果怎麼樣啊？」

「醫生說我有輕微的氣喘，所以開了一些藥給我吃。」

「氣喘？」她蹙眉，呆望著他。

「所以……」梁嶔哲看著她，停頓一下後說：「若老師，我應該是搞混了。」

若允曦呆望著他，「……什麼？」

梁嶔哲則是繼續說下去：「妳曾經說我是不是把對妳的心動跟氣喘搞混了，我想……應該是吧！我搞混了這份喜歡。」

「……所以？」若允曦對於這突如其來的發展給弄得腦中一片空白。

先是莫名其妙說他喜歡她，再來真情說他對她心動，說他想將她這個人牢牢記在腦海中，不想忘記。好幾次的行為都擾亂她的心湖，影響她的思緒，當她好不容易想清楚自己的感情後，他說的話卻像是朝她身上澆了一桶冷水。

在這冬天中，這桶水實在寒冷的刺骨，令她不禁顫抖，光是輕輕呼吸而已，就覺得心痛。

「我很抱歉。」梁欽哲看著她的眼睛說：「我，沒有喜歡妳。」

若允曦抿著唇，頓時間覺得吸進鼻腔裡的空氣變了，空氣中彷彿夾帶著高濃度的硫酸，被她吸進肺部，進而將肺部腐蝕成一片又一片的爛肉，讓她呼吸困難。

梁欽哲看著她臉上的表情變化，覺得這張臉還是適合搭上美麗的笑容才對，她的笑容就像是冬天裡的暖陽一樣，即便冬天的天氣寒冷刺骨，可她的笑容卻顯得溫暖，他再次說：「對不起啊……真的，很抱歉。」

他的道歉，是讓人疼痛的話語，若允曦忍著胸口傳來的悶痛，凝視著他的眼睛，希望能夠在他的臉上找到一絲絲慌亂，若有了一絲的慌亂，是不是就表示此刻的他是因為某種原因而對她說謊？

只是梁嶔哲表現的淡然，臉上表情正經嚴肅，如同帶了一張隱形的面具一樣，讓若允曦看見了，都會覺得這就是他的真心話。

若允曦嘆息，垂下眼，說：「嗯，我聽進去了。」

梁嶔哲的薄唇泛起一絲笑容，卻苦笑在心中，那苦澀讓他實感無力，眼前的她，所匹配的對象應該是個身體健康的人吧？

只是沒有想到下一秒，若允曦雙手握拳，藉由握拳來給予自己勇氣，她看著他，眸中像是裝載了整片的浩瀚宇宙一樣，因為無數顆星星的關係而發亮閃爍，她說：「但是我喜歡你！」

突來的告白讓梁嶔哲一愣。

就如同當時他那突然的告白一樣，短短幾秒鐘，梁嶔哲似乎能夠體會當時她聽見他告白時，瞠眼呆滯的模樣。

「既然你發現自己不喜歡我，但我卻發現自己喜歡上你，那……」她眨眨眼睛，「換我來追你吧！」

梁嶔哲聽了目瞪口呆，一時之間忘記反應。

若允曦對他笑著，很有自信地看著他：「我絕對、一定、肯定，會讓你真正為我心動的。」

如果……如果啊！如果時光倒流回到高中青春的那時刻，若允曦好希望能夠上前叫住他，告訴他，她想跟他當朋友，也許就是因為這份遺憾的存在，讓她此刻逼自己有了勇氣。

見到梁嶔哲的呆愣，若允曦的笑容更加的深。

原本她轉過身想要帥氣的離開，但突然想到什麼事情似的，又轉過身面對他，往他的方向踏出一步，拉近與他的距離，她站在他的面前招招手，要他彎身湊近她。

梁嶔哲一臉狐疑的彎身湊近，有點像是要聆聽別人悄悄話的動作，在做這動作的時候他並沒有想太多，下一剎那的時間，若允曦的雙手微撐在他的肩膀上，踮起腳尖後朝他的額頭親吻上，當梁嶔哲反應過來的時候，這飛快的親吻瞬間結束。

他又呆愣的看著她。

若允曦得逞後笑嘻嘻的笑了幾聲，轉過身緩慢離開。

當彼此的視線已經沒有彼此的時候，梁嶔哲回過神，摸向自己的額頭，上頭還有著那屬於她的餘溫，對於若允曦這樣的反應與行為，他澈底傻眼，所有的一切怎麼沒有照著心中的劇本走？

他以為會看到滿臉失落的若允曦。

而此刻的若允曦，用力地吐了口氣，為自己剛剛的作為感到不可思議，雙頰一片麻木，她雙手摀著臉頰加快腳步的逃離，想逃離這份害羞，但嘴角卻越扯越高。

自從這天過後，兩人的角色突然間對調了。

若允曦早晨在學校對面早餐店等早餐的時候，會尋找著他的身影，若看到梁嶔哲便會主動與他說話，而有時候經過梁嶔哲辦公室的時候，若他在辦公室裡面，她便會用力朝他揮手，就像他之前他對她的那樣子。

梁嶔哲實在有點反應不過來。

而林詩築也不知道這兩人在搞什麼鬼，滿頭問號地看著若允曦輕哼著韓劇的主題曲，頭與身體跟著音樂節奏搖擺，在座位上批改著學生們的考卷，這畫面實在有點詭異啊！

「妳跟梁老師還沒開始交往嗎？」憋了幾天，林詩築終於問出口。

這些日子總看到梁嶔哲若有所思的模樣，心事重重，可是問了他卻說沒事。若在他面前提起若允曦，他便蹙眉，隨後搖搖頭，深感無奈的模樣。

若允曦針對她的提問搖搖頭，「沒有，我們還沒開始交往。」

「妳還沒答應他啊？到底是要他等多久？」

若允曦停止批改考卷的動作，轉過頭看著她，一臉正經的表情，「也許，就是因為我讓他等太久了，但短短一個星期的時間而已對他來說會很久嗎？可是我還是有打電話給他，是他自己請假沒有來學校的。」

「啊？妳在說什麼？」林詩築眨眨眼睛，一頭霧水，「等等，妳是指上上週他請假嗎？」

「對啊！他說他沒有喜歡我，他搞錯這感覺了。」若允曦說：「我在想，是不是就是因為我當下沒有立即給他答覆的關係啊？」

「……我聽不懂妳在說什麼啦！妳不是教英文的嗎？不要跟我說文言文。」林詩築混亂。

若允曦正色，「梁老師說他去醫院做身體檢查，發現他有氣喘，他把心動跟氣喘搞混了，所以他對我不是心動，而是氣喘發作。」

瞬間，林詩築無言，這哪門子的戲碼？而且看到一個人會氣喘發作，這個人是給他多大的衝擊才會導致於氣喘發作的啊？

「可是……」林詩築遲疑，想起梁嶔哲凝視著若允曦的那眼神，那明明就是喜歡！明明就是想將對方占為己有的眼神，「妳相信他說的話嗎？」

「其實，我不相信。」若允曦笑著說：「我總覺得，梁老師他是有苦衷而無法說出口，所以，換我追他囉。」

雖然說女追男隔層紗，但她會把那層紗給用力扯掉。

林詩築笑了幾聲，「妳倒是變得有點不一樣了，前陣子還在猶豫不決，現在嚐到苦頭了吧？」

「嚐到囉！所以換我採取行動了……」若允曦說。

只是，她並沒有追過男生啊！要怎麼做才好？

她邊思索這問題，邊繼續批改著考卷，某班的英文小老師前來拿麥克風，過一會兒上課鐘聲也響起，若允曦將考卷收好後往教室的方向走去。

中間如往常一樣會經過梁嶔哲的辦公室，他此刻雙手盤在胸前目光緊盯著桌面上的課本，她見狀，目光貪戀似的在他臉上游移，嘴角勾起笑容，想到前陣子站在窗外的梁嶔哲也是這樣凝視著她吧？光是看到對方，心情就莫名覺得愉悅，步伐瞬間都變輕了。

若允曦扯開笑容，繼續往前走著。

抵達班級後，這班的學生依舊吵雜個不停，見到班上同學們欣喜，若允曦不禁說：「你們好像很興奮欸！是有發生什麼好事嗎？」

「英文老師，張菀真寫情書給江典贏！」有學生大聲嚷著，一瞬間全班哄堂大笑，若允曦站在講台上看著底下的女主角，她正面紅耳赤的縮在座位上，臉變得跟番茄一樣的紅潤，而男主角則尷尬地要剛剛那位同學閉嘴。

若允曦輕笑，真是青春洋溢啊！見此，青澀的歲月不禁令她懷念，沒有想到現在還流行著情書告白，她以為手寫情書是他們那一年代會做的事情。

當時高中的時候，也是有人會寫信給心儀的對象，會偷偷將信封放在心儀對象的抽屜裡，每分每秒都注視著對方，看對方什麼時候會發現那封情書的存在，可是卻內心矛盾，一方面希望對方能趕快發現，另外一方面又希望對方能夠晚一點發現，這樣才不用體會到那心臟即將衝出身體的振奮。

看到女主角在座位上快要崩潰的模樣，若允曦趕緊要班上的同學們別再惡作劇，趕快將課本翻開開始講課。

這堂課結束後，英文小老師上前將若允曦的麥克風收走，她不禁好奇上前問問這件事情的男主角，「你們男生會很吃手寫情書這套嗎？」

「啊？」男主角被她的問題嚇到，一時之間舌頭打結支支吾吾的說不出話來，「就……就比較有誠意吧？」

旁邊的男同學點頭附和，「如果是我收到一份手寫情書，雖然對對方沒感覺，但也會被對方給感動到，裡面每一個字都包含了對方的情感跟心意，用心程度是會感受到的。」

若允曦點了頭，笑了笑，「原來如此啊！」

「英文老師，沒想到妳這麼八卦。」男同學也笑著。

她說：「老師不是八卦，老師我只是在收集資訊。」說完，她走出教室，心中想著自己的情書要怎麼呈現。

若梁嶔哲收到她的情書，不知道會有什麼反應呢？

想著想著，若允曦回到辦公室裡，轉頭直接問感情顧問林詩築，「詩築，妳覺得我寫一封情書給梁老師，怎麼樣？」

正在喝水的林詩築瞬間噴水，她瞪大眼睛，整個被嗆到，瞪大眼睛拍著胸口用力咳嗽，「什麼？什麼啊？妳要寫情書給他？」

「噓，小聲一點啦！」

林詩築克制好音量，再度問一次，「妳要寫情書給梁老師？」

「我沒追過男生，不知道什麼方法可以打動他，如果是情書不知道能不能打動他欸！」她認真思考的模樣讓林詩築愣住，林詩築摸著太陽穴，瞬間覺得眼前的若允曦怎麼這麼可愛，真像純情戀愛中的少女一樣！

「妳寫吧！我支持妳。」最後，她這樣對她說。

「真的？」若允曦有點困擾，「可是我沒有寫過情書，不知道上面要寫什麼內容欸……」

「把妳想對他說的話通通寫在上頭不就好了嗎？」林詩築說。

但是她想說的話有很多啊！

若允曦開始思索著，林詩築見她一臉認真的模樣，不禁好奇：「不過……是誰教妳說可以寫情書的？現在不是都流行壁咚告白嗎？多直接、多帥氣、多霸氣、多有魅力啊！」

「學生教的。那些學生說情書上面每一個字都有著滿滿的感情在，將自己的心意化作文字，藉此訴說出情意，我覺得聽起來好浪漫哦！」

林詩築搗著額頭，掩住笑意，真的覺得若允曦她現在這樣實在可愛啊！

然後接下來的時間，若允曦時不時的思考起這封情書的內容，如何將心意化為那些溫柔的文字，好讓梁崁哲可以感受到，但她不是國文老師，中文文筆沒有說很好，可是若寫英文，又覺得寫出來的句子讀起來實在令人起雞皮疙瘩。

她想了想，突然在紙上面寫出一段話：梁崁哲學長你好！我是高中四年四班的若允曦，你還記得我嗎？若不記得也沒關係，我想認識你！我想跟你當朋友，好嗎？

凝視著這封信，她掩不住笑意的看著上面的文字。

如果這封信在高中時期就送到梁嶔哲的手上，不知道他會有什麼想法在，他真的會答應她嗎？只是那時候他身邊有一位學姊在，應該不會讓他答應吧？

她將這張紙對折一半再一半，在上頭畫了一個愛心後壓在桌墊下，低頭看著剛剛學生登記好送上來的成績，繼續自己的工作。

只是那封所謂的情書，若允曦她一直壓在桌墊下，她遲遲尚未交給梁嶔哲。

這幾天撞見梁嶔哲的時候，她發現他的臉色不是很好看，臉色將近慘白，沒有任何氣色在，她上前關心幾句，而他只是搖頭，沒有多做解釋，只說冬天來臨，因為有氣喘的關係導致呼吸有點不順。

雖然又想多說些話，但梁嶔哲對她冷淡，顯然有點不想理會她。

若允曦雖然難過他這樣對她，可是她只能忍受。

她默默走出辦公室，下一片刻卻與林芯涵擦肩而過，林芯涵面無表情地看了她一眼，若允曦好奇轉過身看她，卻看到林芯涵將手上的鮮紅色圍巾遞給梁欽哲！

當下這畫面讓若允曦愣住，她看到梁嶔哲抬頭對林芯涵微笑著，可這微笑卻深深刺痛若允曦的眼，她有點不悅地咬著下唇，苦悶的回到自己的座位上，雖然心中只想著要如何追到梁嶔哲，但她竟然忘記了林芯涵這位可以稱作是情敵的人，這實在令她懊惱啊。

林詩築看見若允曦苦著一張臉，不用想也知道百分之百一定與梁嶔哲有關，現在除了學生外，就只有梁嶔哲會影響到她的情緒了。

是說她覺得梁嶔哲也真是的，之前的行為讓很多老師都以為他喜歡若允曦，甚至還在那麼多人的面前說他喜歡若允曦，可現在這漸去漸遠的態度卻讓有些老師不滿他的行為，覺得他故意在玩弄若允曦，但相處下來也知道他不是這樣的為人，所以周圍的老師也搞不懂梁嶔哲到底是怎麼了，不管是誰上前問他，他都笑而不答，刻意忽略相關的問題。

林詩築一手撐著臉頰，看到若允曦苦悶的盯著桌上的課本，她不禁替她搖搖頭。

第九章

學校在經歷第二次段考後，即將迎來運動會。

運動會除了學生們參與，就連老師們也有參與，眾多的比賽項目中，老師們參與的項目就只有大隊接力而已，而在運動會的兩個星期前，就有幾位老師約好在午休的時候做練習，有的時候也會跟學生們一起練習。

與學生組的相比之下，老師組的大隊接力比較輕鬆，是自行組隊的方式，當時若允曦被林詩築邀約，說陪她一起跑跑步，她沒有想太多就直接答應了，所以她跟林詩築還有幾位專任老師組成一組，幾乎都是同一間辦公室的同事們。

在操場上等著其他老師的到來，不一會兒，她遠遠地就看到梁嶔哲與林芯涵兩人一同往他們集合的方向走來。見到他們倆站在一起的畫面，若允曦心中有點不悅，但又不想表現出自己的小心眼，可是要她笑卻又笑不出來，勉強笑的話她的笑容一定很醜，於是她只好看向遠方的天空，裝作沒看到那刺眼的畫面。

冬天的天空一片白，幾片灰灰的雲緩緩飄動，偶爾吹來冷風，顯得有點滄桑，若允曦將自己的頭髮綁成高馬尾，幾縷髮絲隨著風吹動的方向飄。

林詩築站在她的身邊，看到她發愣的表情，她小聲地提醒，「允曦，妳跟林芯涵老師同樣是第一棒喔！」

若允曦聽了微微一笑，「正合我意。」

情敵嘛！就是什麼都要跟她做比較！雖然這樣的想法顯得有些幼稚，但她相信以林芯涵的性格也會私下跟她做比較的，比如對方可能竊喜著自己送出去的那條紅色圍巾。

若允曦一想到那條紅色圍巾，與當時粱嶔哲臉上的笑意，她就覺得很苦惱。

當所有人都來到集合地點的時候，接力棒交給了所有被安排在第一棒的女老師身上，握著那冰涼的接力棒，若允曦不禁開始把玩。操場為四百公尺的長度，而每個人跑半圈操場，所以眾人等待一半的老師走到操場的另外一邊。

操場一圈又一圈的環繞，好像外星人留下的圓形軌跡，這些軌跡永遠都不會有盡頭、永遠都不會有結束。

若允曦看著那走過去的老師，其中竟然包含了梁嶔哲，她不禁瞇起眼睛深思，不禁擔心起對方的身子。

他不是有氣喘嗎？怎麼還可以來跑步？會不會有影響啊？

「若老師，妳跑很快嗎？」站在身邊的林芯涵突然跟她搭上話。

若允曦說：「我不知道怎樣才叫快欸！」

「我聽梁老師說妳籃球打得不錯，運動神經也挺好的，跑步對妳來說應該不難吧？」

若允曦蹙眉，梁嶔哲什麼時候看過她打球的她怎麼不知道？

第一次在籃球場上奔跑揮灑著汗水是某節的下午時刻，那時候她因為心情不好而被學生們邀約一起打籃球，但卻被資深的老師唸了幾句，第二次以後她為了避嫌，都選在學生們放學後的時刻與學生們一起打球，因為專注於籃球，根本就沒有注意到當時有誰在看她打籃球。

她回想著那幾次打籃球，明明記得沒有看到梁嶔哲的身影，那他是在什麼時候看到她打球的啊？

回神後，若允曦很有自信地看著林芯涵的臉，對她微笑，「跑步對我來說，還真的不難呦。」瞬間，林芯涵的臉僵住，若允曦略過她那難看的表情，直視著前方，看到梁嶔哲那小小的身影站在最後面，目光朝著他們這個方向望過來，短短的幾秒鐘，她有種他也在回看她的錯覺在。

「各位老師，各就各位囉！」體育老師被叫來當裁判，所有第一棒的老師紛紛站在操場上的位置。

林芯涵看了若允曦一眼，「若老師，妳喜歡梁老師嗎？」

若允曦看她，「……妳想說什麼？」

「我覺得，我跟他比較搭配。」她很有自信地說，抬高下巴像是朝她發出宣戰。

「有自信是好事啦！自信的女人最美這個我不否認，但搭配這件事情，不光是妳覺得好就是好，梁老師的想法是什麼才重要。」若允曦說完後身子往下趴，她不想再與林芯涵多說，也不想被她的話所影響到，雙手撐在操場上採取跑步的起跑姿勢，她這姿勢標準到讓體育老師不禁問：「若老師，妳常跑步啊？」

「沒啊！我很久沒跑了。」她抬頭說。

「這姿勢很標準。」由於體育老師有帶過田徑隊的學生，所以對若允曦的姿勢稱讚萬分。

其他跑第一棒的老師見狀也紛紛用這姿勢，但有的老師姿勢並沒有很標準，其中就包含了林芯涵，她剛剛的話被若允曦刻意忽略，她有點不開心。

所有老師都準備好後，體育老師吹了哨子，她吹了第一聲長哨、第二聲短哨的預備聲，當第三聲短哨吹出的當下，所有老師的身子立刻向前衝！短短不到一秒鐘的瞬間，若允曦的眼睛變得專注且帶點犀利，她整個人遙遙領先於其他老師。當交給第二棒的林詩築後，這短暫的目標已達成，她的嘴角揚起，不禁燦爛笑起。

從剛剛就一直在注視著若允曦的梁嶔哲，有點失了神，凝視著那因為運動關係而顯得紅潤的臉，如此的耀眼閃爍，不可否認的，若允曦整個人緊緊抓住了他的目光。

不只梁嶔哲，應該說在場所有的老師們都愣住了，若允曦剛剛的速度幾乎可以媲美現在高中女生的速度了。

「若老師，妳跑好快啊！」有位女老師朝著她大聲的喊著。

「啊？會嗎？」若允曦微微喘著，目光看著操場另外一頭正在奔跑的身影，他們這一隊整個遙遙領先其他隊，都是因為她的功勞。第一棒就領先這麼多，若後面的老師都能保持在一定的水準的話，勝負已經很明顯了。

「妳以前是田徑選手嗎？」有人問。

「啊？沒有，我不是啦！我沒有參加過田徑。」若允曦說。

她在原地喘了喘，像是想到什麼事情似的東張西望，過幾秒鐘後與梁嶔哲對上眼，梁嶔哲倒也沒有別開凝視她的目光，他朝著她微微一笑，若允曦立刻走到他的面前。

「梁老師，你可以跑步嗎？」她的聲音變得有點小聲，滿是擔心的語氣，「你不是有氣喘嗎？這樣的話可以跑？」

梁嶔哲說：「這個還好，我有問過醫生，醫生說別長時間的劇烈運動就好，我當然也不會使出全力來跑，不過妳真的很厲害欸！」

突然被他稱讚，若允曦有點不好意思了，她笑了笑，「那——」

「啊？」

「——你心動了嗎？」說完，俏皮地朝著他眨眨眼睛。

梁嶔哲微愣，最後笑出聲音，想起當時在樓梯口處她對他的心動宣言，那自信的身影到現在他還牢記在腦中，所有的一切都清晰無比，包含了當時風吹來的暖度、落葉輕刮著地板的聲音、頭上幾根髮絲的飄盪，以及當時那酥麻的心動感。

他早就已經為她心動了，在很久之前。

感受到心臟的節奏有點亂了，他輕吐了口氣，要自己呼吸平穩，故意換了個話題，「妳高中有參加田徑？」

若允曦搖頭，「沒有啊！」

他蹙眉，「為什麼啊？妳高中當時的水準應該比現在還要好，若真的朝這塊發展，我覺得或許會得名欸。」

若允曦眨眨眼睛，腦中浮現出高中時期那站在司令台上領獎的梁崁哲，她緩緩開口：「因為……」輕抿了唇，高中時光輕輕地顫動此刻的心情，她開口：「梁老師，其實高中的時候——」

「梁老師！下一棒換你跑囉！」若允曦話還沒說完，一旁的老師喊著他的名字，硬生生打斷他們之間的聊天。

梁崁哲匆匆丟了一句等等聊，隨後走到操場上，過幾秒鐘後跑在他上一棒的老師跑來，而他接過接力棒後往前奔跑。

看著梁崁哲那漸去漸遠的身影，若允曦留戀、懷念似的凝望，好像看到當時高中時期的他，她抿著小嘴，輕嘆息，剛剛沒有說完的話是：其實高中的時候我就認識你了！

就是因為當時高中時期以他為目標，若允曦希望自己也能夠站在司令台上與他一起被頒獎，所以她沒有參加任何的校隊，即便當時籃球校隊的學長姊來班上對她做出加入校隊的邀請，但她一律以要專注成績上而紛紛婉拒。

這場接力練習賽的結果，若允曦那組的老師們果然拿到了第一名，都是多虧於第一棒的她一開始就領先這麼多。大家紛紛一邊聊天、一邊往辦公室的方向移動，有幾位老師們結伴要去學校福利社買飲料，若允曦與林詩築兩人相併走著，她的目光突然看向距離操場不遠處的籃球場，一顆籃球孤零零的落在一邊。

「詩築，等我一下哦！」若允曦像是想到什麼事情似的，走進籃球場，拿起那顆籃球奮力地往籃框的方向丟去，她的動作看起來根本就是隨便丟，也沒有在專注或是瞄準，但那顆籃球就這樣被她給投進了籃框。

唰——

下一秒籃球落地，開始彈跳。

「哇！妳好厲害啊！」林詩築為她喝采，周圍的老師們也對她的運動神經抱持著讚許。

若允曦笑了笑，將那顆籃球丟給體育老師後，她小跑步地回到林詩築的身邊。

不遠處的梁嶔哲看著她的身影，嘴角不禁淺笑，走在她旁邊的林芯涵瞧見他凝視著她的眼神，帶點不悅。

「梁老師，你上次說你喜歡若老師，這件事情是真的還是假的啊？」她像是要打探什麼的，「但是，你們到現在沒有在一起啊！這樣我是不是……是不是可以……」這樣她是不是可以有機會？

梁崟哲他淡然的看著她，經過這些日子他能夠察覺林芯涵對他的心意，包含了前陣子她送他的手工圍巾，一開始看到時他滿是訝異，真沒想到這年頭還會有女生會親手織圍巾，雖然感動，但最後他婉拒了這份禮物。

他垂下眼簾，腳步停下，能夠感受到此刻一股冷風徐徐吹來，他嘆息，「林老師，別等我了。」短短幾個字而已，卻宛如重槌敲打著林芯涵的心，她抿著唇，感受到一股羞恥，心臟抽痛，極度的不甘心感浮現。

「你如果不想跟若老師在一起，那為什麼——」

「喜歡她這件事情是真的，但我不能跟她在一起。」他說。

「啊？」她一臉納悶，卻看到他眼中的悲傷，短短的一瞬間，她那不甘心的怒火整個燃燒殆盡，

「……我不懂，這是什麼意思？」

「我不會跟任何人在一起的，因為我沒有可以給予幸福的能力。」他說，扯出一個難看的笑容。

林芯涵聞言看著他，一瞬間覺得他好像即將要消逝在風裡，抓也抓不住的。

「這是什麼意思？」她不禁問。

梁崟哲收起笑容，卻也沒有回答她，只是用那有著悲傷的神情看著若允曦的背影，最後消逝在眼前。

撇除那該死的嫉妒跟自尊心，這天放學的鐘聲響起，林芯涵走到若允曦的面前，僵著一張臉，「妳現在有時間嗎？我有話要跟妳說。」

「啊？」若允曦有點愣住，「是、是可以啦……」

這人要來宣告主權嗎？

她知道林芯涵最近與梁嵚哲走很近，甚至上次還送了一條鮮紅色的圍巾給他，雖然心情有點受影響，但她也不能做什麼。

若允曦問：「妳要跟我說什麼？」

「我要跟妳說梁老師的事情。」

若允曦聽了垂下眼簾，「……我可以不要聽嗎？」

「啊？」

「關於他的任何事情，我不想從任何人的口中聽到，因為他是我在意的人，所以關於他的事情，我要親眼看到、或是親耳聽到他說什麼，我才會相信這件事情。」她的眼神無比認真。

好比，林芯涵說她與他比較匹配，這問題她倒想問問梁嵚哲本人了，他也是這麼想嗎？

林芯涵愣了好一陣子，說：「妳誤會了，我不是……」她一時之間不知道怎麼解釋，「總之，我想問問妳，妳對於梁老師了解多少？」

若允曦卻說：「這開頭怎麼好像是韓劇裡面的女配角前來找女主角做質問？」

林芯涵頓時之間無言以對，這人怎麼這麼難溝通？而且她剛剛說她是女主角？有沒有搞錯啊？

她差點跺腳，「梁老師說他喜歡的人是妳，但是卻又說不會跟妳在一起！」她瞪著她，「這到底是怎麼一回事？」

若允曦瞠眼，思索了她這句話，「……他喜歡我？」

「重點不是他喜歡妳！重點是他為什麼不能跟妳在一起？」

若允曦聽了納悶，「這件事情妳應該問他本人啊！妳問我，我不知道啊！」

林芯涵整個無語，用力哼了一聲，瞪了她一眼，「果然比起我，妳一點都不關心他。」

若允曦無言，「妳自己也不知道了，又知道我不關心他了？看好，我現在就去找他！」

說完，若允曦還真的往梁嶔哲的辦公室走去，在臨走時她抽出壓在桌墊下的那張紙，頭也不回的直接走出辦公室，此時梁嶔哲他人正巧拿著公事包走出辦公室，一副要準備回家的樣子，見到若允曦突然出現，後面還跟著林芯涵，他都不知道自己的女人緣什麼時候變這麼好了？

「梁老師。」若允曦對他微笑，下一秒身子突然向前傾，梁嶔哲下意識的退後，背抵上辦公室剛剛被他關起的大門，而若允曦單手撐在他的手臂旁，呈現壁咚模式。

兩人之間的距離如此近，梁嶔哲不禁屏住呼吸，他看著若允曦那越來越深的微笑，「怎、怎麼了？」

若允曦笑了聲，往後退了一步，「剛剛被我壁咚的那幾秒鐘，有沒有心動一下？」

「……沒有心動。」梁嶔哲說謊，輕笑出聲，「但有被嚇到就是了。」他歪著頭看她，想看看她有什麼把戲。

若允曦一臉不信，剛剛林芯涵明明就說他喜歡她！因為知道他的心意，她才敢做這些事情。若是平常的她，在還沒確認對方心意的時候根本就什麼都不敢做，但就是因為他是梁嶔哲啊……他說過他喜歡她的。

想起他用著溫柔的表情與口吻對她告白，那輕吻在她額頭上的吻，明明只是輕輕的吻，那如同棉花般輕柔的吻卻將她全身的神經細胞都喚醒，為他感到臉紅心動。

她也對他心動了啊！但為什麼他卻退縮了？

若允曦心中有好多好多的疑問想問，她凝視著他的眼神變得複雜，最後嘆息，接著她將手上的那張紙給他，囑咐了一下，「那個……你回家再看吧！」

「這什麼？情書嗎？」

「不是情書，是遲了十年多的信。」她正色。

梁嶔哲納悶，「……什麼意思？」遲了十年多的信？

「你看了就知道了，要回家了是吧？路上小心哦！掰掰！」若允曦朝他揮手，笑了笑，接著轉身回到自己的辦公室裡面，留下一臉納悶的梁嶔哲。

一旁的林芯涵愣了愣，非常傻眼，從剛剛到現在，這兩人根本就是在搞曖昧啊！兩人明明就是互相喜歡，那為什麼要開始繞圈子？而且故意把圈子越繞越大、距離越拉越遠？這到底是怎麼一回事？

「梁老師，你不是喜歡若老師嗎？」林芯涵不禁問，話說她自己也很奇怪，應該慶幸著梁嶔哲他還沒有跟若允曦在一起才對，雖然這樣子的想法會顯得她是個小氣的人，可是他們明明彼此喜歡。

「……是喜歡啊。」梁嶔哲嘆息，不想再多說什麼，「時候不早了，林老師妳也早點回家吧！」他將那封信紙放進口袋中，淺笑著，轉身往樓梯口的方向離去。

梁嶔哲以為是會是一張有著長篇內文的內容，然而卻不是，若允曦只在上頭寫了幾行字。

梁嶔哲學長你好！我是高中四年四班的若允曦，你還記得我嗎？若不記得也沒關係，我想認識你！

我想跟你當朋友，好嗎？

梁嶔哲……學長？若允曦她叫他學長？他想起那天聚餐她失態的時候，她也是這樣叫他，等等，不對啊！他是她高中學長沒錯，但她不是說她把他錯認成是她的初戀嗎？

他蹙眉，不懂這張紙代表的意義是什麼，思索了好一陣子也想不出所以然來，最後他收起那張紙。

隔天，若允曦在早餐店門口遇到他，她一臉笑容且神采奕奕地對梁嶔哲說：「早安啊學長！」

沐浴在陽光下的她如此閃爍，陽光將她的臉襯得更加亮白，清新且優雅的，她就好像從陽光走出來一樣，刺眼地不可思議，加上那燦爛的笑容，這畫面讓梁嶔哲不禁失了神。

「……我是妳高中學長沒有錯，但妳突然叫我學長有點怪怪的，在玩什麼把戲啊？」他回過神，納悶地看著她。

若允曦卻故意裝作神祕，她眨眨眼睛，「午休的時候空出時間來聊聊，好嗎？」眼神中透露出明亮。

梁嶔哲看著她，又問：「妳到底在玩什麼把戲？」

若允曦淺笑，「梁老師，還記得我說過我們唸同所高中嗎？」

梁嶔哲一愣，他蹙眉，「這我知道啊！然後呢？」

「那如果我跟你說，我的初戀就是你，你會相信嗎？」她大方說，一點都不害羞。

他吃驚，一時之間腦中一片白。

此刻，老闆喊了若允曦，說她的早餐已經做好，她結帳，卻看到梁嶔哲正盯著她看，她笑了笑，「梁老師，午休再繼續聊好嗎？說好囉。」

「……好。」他說，同時輕抿著唇。

他，希望她不要再受自己影響了，也希望自己別再受她影響，他本來就不應該喜歡上她的，但就是會不自主地被她吸引。

梁嶔哲凝視著電腦螢幕上的自己，此刻的黑屏映上了他的臉，他正面無表情的模樣，平常雖然平易近人，但一旦嚴肅起來，正經的模樣也是會讓許多學生都怕的。

若沒有發病，這份感情他應該會越陷越深吧？可那時候的劇烈悶痛，卻提醒他的身子已經不如以往了，與其看到若允曦失望，不如讓她討厭他也好。

他握起拳頭，在這短短的時間中為自己戴上冷漠的面具，不論若允曦會對他說什麼，他都要冷漠以待。

這天中午結束後，若允曦走進他的辦公室門，他神色淡然地看著她，跟著她走到上次他帶她去過的地方，那裡的樓梯間彷彿成為他們兩人的祕密基地一樣，這個時間這個空間唯獨只有他們兩人，偶爾還是有著風吹來，只是進入了冬天，這裡的風比上次更冷了。

梁崁哲沒有說話，目光淡然地看著若允曦，眼睛彷彿蒙上一層薄霧一樣，整個人有個清冷的氣息，如同冬天的雪，讓人不輕易靠近，他刻意表現出不耐煩。

「妳要跟我說什麼？」他的語氣沒有溫度在。

若允曦看著他，她便猜想到他故意偽裝起自己，故意想把他與她之間的距離拉遠，不禁嘆息。

「梁老師，我想試著讓你最後一次心動。」她凝視著他，眼神無比認真。

「啊？」她的話讓他挑眉，覺得眼前的她現在真像小孩子，有著天真與無邪，是不是跟高中生相處久了就會變成這樣子？那他自己怎麼沒有？

「最後一次了。」她再次說。

「好，我拭目以待。」意思是，經過這一次所謂的最後一次，她就會放棄了嗎？

那好，他就給她最後一次的機會。

第十章

樓梯口處，兩人面對面。

若允曦輕抿著唇，緩緩開口，「梁老師，我是你的高中學妹。」早上說過的話她再度說了一次。

「這我上次就知道了，但我真的沒印象。」他曾經有仔細想過了，但真的沒有印象自己在高中的時候有遇過若允曦。

若允曦淡淡笑起，「你還記得在你高三開學的那一天，你幫助過一位迷路的學妹嗎？」若允曦看著他的眼睛，在他臉上看到了微愣，此刻他一臉不敢置信地看著她，她則繼續說：「那位糊塗的學妹就是我。」

思緒快轉，梁嶔哲努力地回想起高中三年級開學的那一天，他護送就讀國中的弟弟進教室後，看到國中部的校區站著一位穿著高中制服且目光茫然的女學生，由於她身上的穿著是高中制服，站在滿是國中生的地區，整個人看起來顯得格格不入，看到她失措慌張的表情，當下他就猜想眼前這位學妹應該是迷了路，所以他上前開口詢問。

想起這模糊的記憶，梁崁哲訝異地看著若允曦，記憶中那位學妹的臉早已模糊不清，這份記憶也是放在心中的深處，若她沒有說，他根本就忘了有這個記憶在。

「那個迷路的學妹就是妳？」他開口問。

若允曦點頭，「高中第二次看到你的時候，是某天的升旗典禮，那一次學校頒發段考的成績，我看到你拿到全校第一名站在台上準備等著領獎，那時候的我就在想，原來你是這麼厲害的人啊！如果我也能這麼厲害就好了，所以……從那個時候開始我便認真用功讀書。你上次不是問我為什麼高中時候不參加田徑嗎？我雖然跑得快，但是對於參加校隊沒有任何興趣，加上當下已經下定決心要認真讀書，所以對於校隊的邀請我一律婉拒。」她說到這裡，目光凝視著他，深深望進他的眼眸中，「學長，我當時看到你上台領獎的身影時，有股想跟你並駕齊驅的衝動在，那時候想著，若是能夠同時跟你上台領獎該有多好啊？這畫面當時在我腦中浮現，我巴不得想要立刻實現這個畫面，可是……等我能夠上台領獎的時候，你卻已經畢業了。」

梁崁哲愣愣地看著她，他沒有想到自己在高中時期，在不知不覺當中，被一位女孩遠遠注視著，甚至當作於對方前進的目標所在，原本假裝冰冷的心，因為若允曦的話而漸漸受到影響，開始悸動。

「當時的我，其實一直很想認識你這位學長，只是……只是我一直沒有勇氣上前跟你說話，怕的就是你早就忘記自己曾經幫助過我。」若允曦垂下眼簾，想到當時高中的自己，有著輕狂的想法卻遲遲沒有著上前的勇氣，這件事情在她的青春中留下深深的遺憾，她感到惋惜、感到失落、感到有一點難過，但就是因為青春留下來的這份記憶，微微疼過，所以她此刻才有足夠的勇氣向梁嶔哲說出這一切。

「第三次見面，我站在教室外面的洗手台前面洗手，看到你跟一位學姊走在一起，從我身後經過，我凝視著你的背影，就這樣默默看著你離開。」這畫面也是最後停留在她腦中的身影，自此過後，若允曦就再也沒有在高中校園看過他了，但經常，會看到公告欄上面那熟悉的名字。

每當看到他的名字，她都想著這位學長現在應該過得很不錯，而且持續往自己的目標前進，不然名字也不會刊登在公告欄上面。

對於他的想念，最後停留在升高二的時候，也就是他畢業的那一年。

梁嶔哲一臉不可思議的模樣，他摸了摸額頭，將額前的髮撥弄，「我……抱歉，我對這些就沒有印象了。」腦中僅只有模糊的記憶而已。

「你沒有印象是正常的。」若允曦說，輕抿著唇，「我再告訴你一件事。」

「什麼事？」

若允曦的臉有點麻木，不知道是因為被陽光曬久的關係，還是接下來那有些不好意思的內容，她先是遲疑了一會兒，最後看著梁嶔哲，鼓起勇氣說：「你還記得我早上說你是我的初戀嗎？」

「……嗯。」

「我在遇到你的第一天，就認出你就是當時那位學長了。但因為重新遇到你，所以那一陣子我高中的記憶都會時時刻刻的浮現，聚餐喝酒的那一天也是，高中的你一直不斷出來擾亂我的思緒，所以……可能是因為這樣子，潛意識的對你大吼、失態……」她凝視著他，鼓起勇氣，「……因為，我的初戀就是你啊。」

那曾經的在意，曾經有的悸動，都是因為眼前的他。

梁嶔哲聽了一愣。

若允曦淺笑，此刻風徐徐吹來，輕撫著她的臉，她揉了揉頭髮，笑容加深，「告白結束，你有沒有心動了？」

他瞠眼，看著她燦爛的笑容，其實不需要她點名，他的心跳早已被她擾亂，梁嶔哲從來就沒有搞混心臟病發作與心動，他清清楚楚地知道自己被眼前的她所吸引，目光總是緊緊跟隨著她，每一次的悸動，他都想擁抱她，用心感受她那柔軟的身子。

見他凝視著她不語，若允曦抿著唇，收起笑容，開口問：「梁老師，你真的不喜歡我嗎？」

他沒有回答，垂下眼簾，刻意裝出的冷漠全然徒勞無功，隨著她的字字句句一一瓦解成灰，現在的他根本就不敢望著她的眼睛，深怕一接觸到她的眼神，所有的假裝與遠離都再也沒有用了。

他輕輕吐了口氣，想直接對她說謊說不喜歡，可是喉嚨卻哽住，他發不出任何聲音。

若允曦看著他，心情從原本的期待與期盼，變得有點失落，整個心就這樣沉下去，無止盡的墜落至深淵，濃厚的空虛感緩緩地蔓延至胸口，有些的疼痛、有些的喘不過氣。

她腳步後退了一步，但目光還是盯著他看，「梁老師，那……你之前說的喜歡，僅僅真的只是你搞混了，並不是在開我玩笑嗎？」

他抬眸看著她，藏在眼眸中的悲傷瞬間溢出，若允曦此刻在看見他這表情時，卻不懂了。

為什麼他會有這種表情？

為什麼他都不說話？

她腳步又後退了一步，兩人之間的距離又更加的遠。

「真的沒有因為我而心動過嗎？僅僅只有一秒鐘也好，真的都沒有嗎？」最後，她喪氣地說。

梁嶔哲站在那始終都不動，也不說話，若允曦聽見自己心碎的聲音，她突然間鼻酸了起來，一滴眼淚就這樣掉落，滴落在地板上。

她人已經走到樓梯口處了，對此他遲遲沒有表示。她失落地轉過身想離開這裡，轉過身後卻又回望他，而這一回望，卻看到了梁嶔哲在無意識之間朝著她走來，他的腳步頓時之間停止住，表情有些失措的看著她。

剛剛那一瞬間，他有了想上前抓住她的想法在。

若允曦甚是不解，「……你明明就喜歡我。」說著，眼淚又滑落。

他啞然，別過臉，因為不想看到她的難過，本來就是不希望她傷心，卻沒有想到他讓她哭了。但他，根本連替她擦淚的資格都沒有。

想到這，他的手握拳，覺得自己真的好卑鄙，竟然傷到她的心，一開始根本就不應該靠近她，根本就不應該說喜歡她。

若允曦擦掉眼淚，看到梁嶔哲他一臉憂鬱，被拒絕的人是她，他是在憂鬱什麼啊？

她朝他走近，直到走到他面前的時候，兩人凝望著彼此，近到連彼此的呼吸聲都聽得清清楚楚。

「允曦，我——」梁嶔哲正要開口，卻在看到若允曦的表情時說不出話來了。

她的呼吸有點急促，淚水掉了又掉，抬起手難過地擦拭掉淚痕，這悲傷的情緒外露，讓他看了不捨，心中微微刺痛，她黯然地看了他一眼，眼眸中的星子黯然無光，她非常難過，轉身想直接就這樣離開，而他下意識地抓住她的手。

「允曦妳聽我說……」他說，雙手緊抓著她的手不放，喘口氣，「我很喜歡妳，我沒有騙妳，我真的很喜歡妳……」

若允曦看著他，溼潤的眼睛看著他，淚珠將她些微的睫毛黏住，淚水因為光線而閃爍，他抬起手溫柔的抹去她的淚水，再次說：「沒有心動是騙人的，對妳，我怎麼可能不心動？」

「那你為什麼——」她哽咽，聲音帶了哭聲。

「因為，我生病了。」他終於坦然而出，若允曦聽了瞪大眼睛。

「……生病？」

梁嶔哲指向心臟處，老實說：「我有心臟病。」

若允曦愣住，「你不是說你是氣喘……？」

接下來，梁嶔哲將所有的一切都告訴了她，若允曦聽完一臉不敢置信，愣了愣，遲遲回不了神。

「在知道我生病後，若妳不想跟我在一起，我可以理解妳，我已經試著要把妳推遠了啊……」以冷漠為武裝面具，就是想要疏離她。可這面具在看見她眼淚的當下，瞬間被扯掉，他再也無法忽視她難過的表情，再也無法看到她痛苦。

「你就因為這件事不想跟我在一起？」若允曦回過神，看著他。

梁嶔哲點了點頭，「老實說，手術成功機率只有一半，我不想看到妳替我擔心而難過……可是……妳最終還是難過了。」伸手揉揉她的臉頰，凝視著她的眼神有著止不住的心疼與溫柔，面對她，總覺得一切都會失控，不知道從什麼時候開始，他變得越來越喜歡她。

爾後垂下眼簾，悲傷在他臉上浮現，他縮回了他的手。

「梁老師，你從來沒有問我意見，怎麼可以自己定下這個想法？」

「就……」梁嶔哲垂下臉，「不想成為妳的負擔，這想法會太幼稚嗎？」

「會！」若允曦用力說：「你又不是韓劇的男主角啊！是在演什麼？」

「……」

「生了病不說才會讓人擔心好嗎？自以為是悲情男主角嗎？然後某天被我發現你吃心臟病的藥，哭著跑去找你，求你回到我身邊嗎？」韓劇都是這麼演的。

「……」

「笨蛋！」

「……」

唉，他還是別說話好了。

「但梁老師，你真的能夠分清楚……心動跟心臟病發作嗎？」若允曦突然問了這問題。

他挑眉，「妳不相信？」

若允曦說：「不是不相信，可是……這問題是不是有點深奧？」

「很簡單，心臟病發作是自己的呼吸上氣不接下氣，會胸悶，會痛到難以喘息，就好像被丟進了海裡，周圍的氧氣瞬間被抽光一樣，不斷用力呼吸還是止不住這痛苦。而心動……」他凝視著若允曦，將她的手放置在自己的胸口處，「心動會讓心跳亂了節奏，呼吸亂了頻率，心動的瞬間腦中都是讓我心動的那個人，那個人會占滿整個思緒——」

若允曦盯著他，見到他嘴角的淺笑，他將她那被風吹亂的髮絲勾在耳後。

她抬眸看著他，「……然後？」

「然後……」他留戀似的摸著她的臉頰。

被他觸摸的臉頰處，瞬間發麻，好像一串電流經過，她的身子瞬間僵硬，片刻忘記呼吸。

接著梁崁哲俯下身，往她的額頭吻上。

這個吻僅僅只有一秒鐘不到的時間，梁崁哲見她呆愣的表情時，不禁笑著。

「可不能再被妳強吻了。」他說。

「我……」

心動的當下，就是想要將這個人牢牢記在腦中裡，記住對方的氣息、記住對方的味道、記住對方的唇上柔軟，以及猶如在耳邊的心跳聲。

他傾身再度吻上，這一次是在唇，他的雙唇流連著這片柔軟，反覆揉壓起她那微張的唇瓣，想將身上的溫柔都獻給眼前的她，過了幾秒鐘若允曦才反應過來，她閉上眼睛，享受著這片刻的幸福。

「談判結束啦？」若允曦在下午第一節課的鐘聲響起前回到座位，林詩築叫住她。

「沒有談判啊……」她小聲地說，眼睛不敢看她，不用想也知道此刻自己的臉一定紅透了，低頭看著鏡子，打算補一點妝，自從上次被林詩築碎唸過女人就應該為自己準備一條唇膏後，她就買了一條唇膏隨身攜帶。

林詩築像是發現了什麼新大陸一樣，挑眉，「哦?到底是做了什麼事需要補口紅啊？」

「噓、噓！小聲一點，其他老師還在休息。」若允曦飛快擦上口紅，但臉上的紅潤羞澀騙不了林詩築。

她眼尖的發現，笑了笑，「補口紅啊……讓我猜猜你們發生了什麼事情，該不會妳強吻了梁老師吧？還是他強吻妳？還是兩人互相？」

若允曦頓時動作定格，轉過頭看著她，不免結巴，「妳妳妳妳少胡說。」

「妳講話幹麼突然結巴？肯定有鬼，是吧？」林詩築湊近，「快說，到底怎麼了？」

「噓。」若允曦什麼都沒有說，甜笑著。開始準備著等等要去上的英文課。

看著她臉上的笑容，林詩築猜想她應該遇到了開心的事情，打從心底很為她開心。

這天放學鐘聲響起，當若允曦收拾好東西後，梁嶔哲走進這間辦公室，他走到若允曦面前微笑的看著她，周圍的老師們目光雖然因為好奇而緊盯著他們，卻沒有多語，反倒是林詩築慢條斯理的擦著口紅，幽幽的說：「要約會哦？」

「這是約會嗎？」若允曦歪頭，狐疑看向林詩築。

「不是嗎？」梁嶔哲笑著看她。

「不就只是吃飯而已？」若允曦將包包掛在肩上後，又拿了平常在用的手提袋。

梁嶔哲在她面前伸出手，若允曦下意識地以為他是要幫她拿東西，「噢不用啦！這個很輕，裡面只有水瓶跟餐具，我可以自己拿。」

但她說完後，梁嶔哲的手沒有收回，若允曦一臉納悶，梁嶔哲的手往下，直接牽起她的手，「那這個我來拿。」

若允曦的手被他十指緊扣，他朝著她微笑，雖然是溫柔的淺笑但卻耀眼迷人。

林詩築傻眼，被他們的放閃行為弄到手上的口紅差點折斷，周圍的老師發出噓聲，故意的斥責聲片刻中一齊響起。

若允曦瞬間臉紅，低下頭，甚至想躲藏起來。

當他們離開辦公室的時候，梁嶔哲笑著看她，「奇怪，妳跟我告白怎麼就都不會害羞？」

「我、我我我我哪有？」這人怎麼這麼惡劣？故意在大家面前這麼說？真是討厭。

一旁正巧經過的林芯涵看到他們兩人的互動，沒好氣的模樣，朝他們揮手道別。

自從她看見梁嶔哲因為若允曦而有的難過表情時，她就已經決定放棄梁嶔哲了，當時的那眼神至今她仍然記在心中，是多麼的銘心刻骨才會有的眼神，也是因為看到那眼神，她才知道若允曦在他心中有多重要。

愛情就是這樣子吧。沒有所謂的先來後到，沒有所謂誰的愛比誰多。就是在某個瞬間，有時是莫名其妙的瞬間，有時是華麗的瞬間，就引起了心動，心臟顫動的當下，眼前的人就此就住進心中，難以抹滅。

只是看著那兩人的身影，明明兩人都已經是成熟的大人了，現在行為卻像是高中生一樣，似乎愛情也會讓人的智商降低呢。

餐廳內，蒸氣上升，兩人決定吃小火鍋，店員一送上鍋，兩人分別將火鍋料以及肉片通通都加進鍋子裡，等待沸騰。

若允曦用湯匙將沒有熟的肉片壓到下方，看著對面的梁嶔哲，煙霧不斷上升，如同一層薄霧隔離在他們之間。

「梁老師，我想問你一個問題。」

「什麼問題？」他抬眸望向她。

「當然是女生最喜歡問的問題之一，你……你什麼時候開始喜歡我的？」若允曦的眼睛眨啊眨的，臉上笑容褪不去，煙霧讓她的臉顯得紅熱。這問題問出口的當下也讓她的臉頰感到麻木，她以為藉著熱氣可以遮蓋她的臉紅，殊不知道她臉已經紅潤像蘋果一樣，「快點回答。」

「回答了有獎品嗎？」梁嶔哲笑了笑。

「你的獎品就是眼前這位光鮮亮麗的女朋友一枚。」若允曦說，讓梁嶔哲的笑容更加深。

「笑什麼？」她說。

「這獎品可以駁回去嗎？」

「喂！沒禮貌。」她瞪他。

他將手上的筷子放下，一臉沉思的模樣，「嗯，那我得仔細想想了。」

「說嘛！說嘛！說說說！」她的笑容更加燦爛奪目，此刻好像小孩在跟父母要東西一樣的任性。

梁嶔哲微笑，緩緩開口，「若真要追溯開始在意妳的日子，應該就是妳喝醉失態的那一天吧。」他的手托著臉頰，看著若允曦，眼睛被點了亮，充滿了溫柔。

「你就只記得我的糗事哦……我那時候也只是講話大聲，又沒有做其他的事情……」若允曦聽到垂下臉，雖然說那天僅僅是如此，但她卻怕了，自從那天過後她就沒有再喝酒了啊！

「而真正為妳心動的那一次，是妳在籃球場上跟學生們一起打籃球，我那時候在洗手台那洗手，被妳的笑聲吸引。」

若允曦盯著他，想起就是因為那次心情不好跟學生們一起打球才會莫名其妙被針對。

但一方面也訝異，沒有想到梁嶔哲比她更早開始喜歡她。

她不自覺因為這份喜悅而微笑。

「回答完畢，請問獎品呢？」他看著她笑，眼眸中的溫柔像是要溢出一樣，暖了她的心。

「……什麼……獎品？」

「妳剛剛不是說，獎品是光鮮亮麗的女朋友一枚嗎？」

「……喔那個，火鍋滾了哦！可以開吃了。」若允曦故意忽略那句話，低頭開始吃火鍋料，躲避這臉紅害羞的時刻。

梁嶔哲看著她，不禁笑了。

若體內那汩汩而流動的血液是因為眼前的她，那一定也是因為她而溫熱，進而撼動起他的心跳聲。

晚餐過後，梁嶔哲送她回家，整個回家的路上兩人的腳步比平常還要緩慢，猶如不捨這段匆匆而過的漫漫時光一樣。

「妳到底要不要給我這份獎品？」停下腳步，梁嶔哲看著她的眼睛，勾勾她的手，充滿笑意。

若允曦眼珠子故意轉了轉，看著他，「梁老師。」頓了幾秒鐘，她說：「我真的很喜歡你，很喜歡很喜歡。」

但不管說了幾次喜歡，都難以將自己的感情全然說出來，她對他的喜歡，喜歡到他人都已經站在他的面前了，她還是會因為他而喜悅、因為他而感動、因為他而有各種的心情，就僅僅只是因為此刻的他站在自己的面前。

她也沒有想到自己這麼的喜歡他，這份喜歡追溯到那次額頭上的輕吻，輕輕的碰觸，卻顫動起全身上下的細胞。

「這我知道。」他輕輕地說。

若允曦看著他的眼睛，繼續說：「所以，我希望你可以答應我一件事情，我希望你不要對我有任何隱瞞，好嗎？尤其是你的病情，我真的很擔心你，若發生了什麼事情你一定、絕對、非得要讓我知道，另外，我也想要知道你的回診日期是什麼時候……如果時間允許，我想陪你去。」

「好，我答應妳。」他說，說不出的感動此刻突然蔓延在他的胸口處，如薄紗般的圍繞起他，他感到一陣暖意，伸手將若允曦抱在懷中。

若允曦也回抱著他，「那恭喜你獲得一位閃亮亮的女朋友。」她燦笑地說。

梁嶔哲聽了不禁笑起，擁抱的力道不禁加大。

第十一章

週末是學校的運動會，學生們都非常興奮也非常期待，就連老師們也興高采烈地討論起哪個班級跑最快、哪個班級能夠得到的獎牌會最多。

這天的天氣非常好，太陽頂在頭上，並不酷熱，偶爾吹來的風帶點涼意。操場上，學生們將自己的木椅搬到操場旁邊，排好隊型，當每個班的班級都進場並且唱完國歌後，主任與校長們開始致詞，致詞完畢後學生們回到自己的加油區那。

比賽已經開始，操場上一陣熱烈的歡呼聲與加油聲，好不熱鬧。

若允曦待在辦公室內，由於教師們的大隊接力比賽是在下午三點，所以她與林詩築以及其他幾位老師待在辦公室裡面摸魚。

基本上，有參賽的老師們在前陣子看到若允曦跑步的實力後，沒有人想跟她比，紛紛自我放棄，平常也沒有在練習的。反正接力賽會有個教師組別也是被主任拖下水，畢竟年紀都已經大了，早就沒有體力能跟學生們一起跑了。

「若老師，為什麼妳還可以跑這麼快？」有人羨慕著她。

此刻若允曦已經去廁所換上了棉褲，因為太無聊，她乾脆在辦公室裡面拉筋做伸展操。

「我假日有時候會去健身房跑步啊。」若允曦回答，回答的同時她將腿直接放在自己的辦公桌上，身子往下壓拉筋。

看到她身體的柔軟程度，令其他人又羨慕起。

林詩築正看著韓劇，由於螢幕中的畫面播放到男女主角擁吻的畫面，她忍不住驚呼起，周圍泛起粉紅色泡泡，她沉浸在這喜悅中，嘴唇甚至模仿女主角一樣微微嘟起。

若允曦看向她，不禁笑起，有了想捉弄她的想法，她雙手突然用力拍掌，啪的一聲讓林詩築突然驚嚇，她瞪著她，「允曦，妳瘋啦？」

「看什麼花癡成這樣？」

「他們終於彼此坦承自己的心意了啊！」林詩築邊說邊揪著心口，差只差在咬著手帕，「妳不覺得在看韓劇或是在看身邊朋友的愛情故事時，就覺得這些角色好像是自己的小孩嗎？她停止前進的時候會替她著急，她勇往直前的時候會替她開心，當兩人有了一個很好的結局時，更值得慶祝一番！」

若允曦望著她，林詩築繼續說：「妳跟梁老師也是一樣啊！我都覺得我好像妳的媽媽，替妳著急妳的感情世界，妳都不知道當局者迷旁觀者清嗎？在你們在一起前，梁老師有時候凝望妳的眼神，都好像想將身上所有的溫柔都獻給妳，我早就知道他喜歡妳了啊！」

「這麼說，妳確實也是我們之間的紅娘，怎麼？是不是要請妳吃一頓大餐？」

「大餐不必了，我比較喜歡能夠早點收到你們的喜帖，哈哈哈。」

若允曦無言看著她，「才交往幾週而已，就想到要結婚，這樣會不會太快？」

「韓劇不就都這樣演的嗎？把心給對方的時候，不就已經想跟對方定下終生了？」林詩築笑了笑。

這句話倒是讓若允曦聽了有點恍神，當彼此都把心給對方的時候，不就已經想要跟對方過一輩子了嗎？

時間很快來到下午，辦公室裡面有參賽的老師已經著裝完畢，各個都換上了輕鬆休閒的運動裝，大家一起往操場的方向走去。

操場上，運動會已經進行了半天左右的時間，但學生們還是很有活力的在幫參賽者加油，若允曦抬頭看著暖陽，為自己做了個深呼吸。

想起自己在高中運動會的時候，也是擔任重負跑大隊接力的第一棒，高中每年的運動會都是如此，就連大學的運動會也是。而現在因為在高中校園內教書，每天都跟著這群高中生們相處，久之，竟然覺得自己距離高中歲月彷彿沒有離很遠，那高中的歲月好像才經過了兩三年而已。

她的右手被碰觸，下一秒手被一股溫暖包覆。

「在想什麼？」梁嶔哲的聲音傳來。

若允曦下意識轉過身看著他，他人背對著陽光，黑髮蓬鬆，幾根髮絲染上了金粉。

「你在這裡啊？」若允曦見到他的瞬間，笑了，手回握住他。

梁嶔哲點點頭。

此刻，林芯涵悠悠地走過來他們身邊，故意瞥了她一眼，明顯沒有任何惡意，「放水一下啊！梁老師都給妳了，這運動會的名次就讓一下吧！妳就晚個幾秒鐘再起跑就好。」

「好啊！那我晚一秒鐘。」

「三秒！」林芯涵還以為是場交易買賣，在那邊開口殺價。

「兩秒！」若允曦說。

「好，妳自己說的，兩秒鐘。」林芯涵抬高下巴，有點得意地轉頭要離開，卻在離開前又故意走回來，把他們兩人那牽在一起的手給硬是分開，「不要放閃，看了很礙眼。」說完，她才真的離開。

若允曦哭笑不得的表情，「她幹麼啊？」

「誰知道，嫉妒妳吧？」梁嶔哲再度牽回她的手。

「我有什麼好嫉妒的？林老師她長得比我漂亮欸，她的追求對象應該源源不絕才對。」若允曦她真心這樣認為，認為自己的長相沒有特別出眾，也沒有特別漂亮，是那種路上會經過的路人甲，匆匆一眼就會忘記長相。

「那妳應該慶幸，我挑對象不看臉的。」梁嶔哲說。

「欸！你講一下好聽話是會怎樣嗎？真是欠揍。」若允曦報復性的用力捏起他的手。

梁嶔哲笑起，接著問：「不過妳真的要讓我們兩秒嗎？」

「讓啊！我都答應她了。」

「這樣好嗎？」

若允曦看著他燦笑，「其實之前那一次的比賽我沒有盡全力跑，所以若這次比賽盡全力跑的話，讓了兩秒鐘我還是會領先很多，嘿嘿。」她俏皮地吐了吐舌頭。

梁嶔哲則是愣住，他伸手摸摸她的頭，「妳可以不用理她沒有關係。」

「你們不是同組嗎？聽到我要讓兩秒應該感到慶幸才對啊！」

「無所謂啦！反正今天的主角是學生，我們教師只是陪襯的。」

「可是，你知道嗎？你現在就是我人生中的主角啊！」若允曦說，明亮的眼睛凝視著他，梁嶔哲在她的眼眸中看到了自己的身影，這突如其來的甜蜜話語輕顫著他內心中的柔軟處，暖意延伸至全身。

他就如同高中時期一樣，匆匆踏入了她的人生，過往的那段青春歲月中他僅僅只是過客，留下了名字與背影，短暫的停留又馬上離開；而現在，她只希望他不再只是過客，希望能夠永久地停下來。

梁嶔哲笑起，同時另外一隻手抬起，揉了揉她的髮，最後放在她的頸後，傾身往她的額頭吻上，宛如她對他心動那晚的親吻一樣。

淡淡的，輕輕的，像羽毛一樣的觸感，卻好像在額頭上印上了一個印記，酥麻感逐漸浮現，全身所有的感官此刻都變得敏感。

梁嶔哲趁著她恍神的時候再度揉起她的髮，「妳說這樣的話，可是會讓我想親妳欸。」語中有點責怪的意味在，可聽起來卻是種甜蜜。

若允曦聽到後害羞的低下頭，雙頰浮上了一抹紅霞。

「喂喂喂！集合！集合！」林詩築人不知道什麼時候站在他們身邊，「剛剛都說要集合了你們在這談什麼戀愛？真是討厭。」說完她勾起梁嶔哲的手腕，看著若允曦，「妳老公跟我一樣是雙數號，允曦妳快點去另外一邊集合，其他老師都在等你們了，而你們竟然在這邊給我談戀愛？」
若允曦這才朝他們揮手，之後趕快跑到操場的另外一邊去。
梁嶔哲失笑地說：「我可以介紹妳不錯的男生。」
「那我要跟池城歐巴一樣的帥。」林詩築非常貪心地說。
「恐怕沒有。」
「有啊！但他在不久前死會了。」她正色。
「誰啊？我怎麼不知道有這號人物。」
「你啊！」林詩築朝他眨眨眼睛，臉不紅氣不喘地講出這段話。
「我？真假？」梁嶔哲愣住。
「當然是假的，你自以為是池城歐巴嗎？」
「……」
教師組的老師們集合完畢後，若允曦接過接力棒，走到起跑點的位置做準備，她與林芯涵兩人剛好是隔壁跑道。
當她經過林芯涵身邊的時候，她聽到林芯涵說：「記得讓兩秒哦。」

若允曦無奈，比了一個OK的手勢。

只是林芯涵卻怎麼想也沒有想到，就算若允曦真的已經讓了兩秒鐘，她還是輸個澈底。若允曦真的在槍聲響起的當下，停頓了兩秒鐘，兩秒鐘的時間一到，她立刻從最後一名衝刺到第一名去。

小小的身影在操場上奔跑，這畫面看起來自由又快樂，閃耀的動人，不僅是老師們，就連在旁邊觀場加油的學生們也都傻了眼！這氣質出眾溫文儒雅的英文老師，跑步速度竟然這麼的快速？

第二棒的林詩築接過接力棒後，奮力往前衝，經過幾秒鐘後，其他第一棒的老師們才紛紛來接棒給第二棒的老師們。

「我可是有讓兩秒鐘哦！」若允曦看到林芯涵一臉紅通通的在喘息，像是要興師問罪一樣有著殺氣，她趕緊搶話說。

她怎麼知道就算讓了兩秒鐘她速度還是快啊？早知道就要她讓了十秒鐘！

林芯涵輕瞪了她一眼，不想理會她，用力地喘著氣平穩自己的呼吸。

若允曦走到她身邊，「妳是不是真的很討厭我啊？」

「討厭啊！」林芯涵直接說，這樣的直接反倒讓若允曦開始欣賞她，本以為她是個做作的人，但經過幾次相處發現她並不會做作，是個敢愛又敢恨的人，而且個性獨立，又有目標，聽說她對於自己高三導班的學生們很有一套帶法，也是個值得敬佩以及學習的對象。

「我欣賞妳。」若允曦向她微笑。

「我才不要妳的欣賞。」她直接送她一個白眼。

「妳會討厭我不就是因為梁老師的關係嗎？其他呢？我應該沒有惹妳不開心的地方吧？」

「當妳視一個女人為敵人的時候，不管她做什麼事情都是討厭的，就算妳捐款給慈善機構或是動物之家，這種善事我也覺得討厭。」

若允曦無言，她嘆口氣，「林老師，做人啊！與其浪費時間在討厭一個人，不如花時間在喜歡自己上面。」

因為若允曦就是這樣的一個人，就算知道自己被討厭，頂多傷心個一點點的時間而已，其他都不會受她而影響，她還是在過著自己原本的生活。

「若老師。」林老師看著她：「我好像多多少少知道為什麼梁老師會喜歡妳了。」

「什麼？妳又知道？」

「女人的直覺最準確了。」她哼了一聲，目光看到正站在操場上的梁崴哲，此刻他正巧接過了接力棒，往前衝過去，但似乎知道自己這組已經落後了許多，就算全力衝刺也無法追上其他組，加上自己身體狀況，所以旁人一看就知道他的速度刻意放慢。

林芯涵不禁說：「這梁老師是刻意放水的嗎？」

「不是刻意，他只是不想讓我擔心。」若允曦說，凝視的對方的目光變得更柔。

「什麼意思？不想讓妳擔心？」

「梁老師他有氣喘方面的疾病，若他真的全力衝刺而造成身體的負擔，不僅是我，還有妳，還有大家，肯定會很擔心的。」

若允曦的話讓林芯涵愣了，她才意識到自己對於梁嶔哲這個人了解甚少，總是以為自己眼前所看到的一切就是她自己的想法，甚至有些想法連她自己都沒有意識到帶了一點偏激，這樣的自己好像真有那麼一點點的討厭。

看著若允曦，她早就知道自己輸了，此刻，輸得很欣然接受。

若允曦跑到操場的對面，透過人群，她的眼中只有梁嶔哲一個人，此刻只想趕緊跑到他的面前。

「梁老師。」她小跑步跑到他面前，抓起他的手直接放置在脈搏上，然後伸手放在他的心臟處，「你真的可以嗎？沒事吧？有沒有哪裡不舒服的地方啊？要不要去保健室一趟？」

全身突然有種被摸光的感覺，梁嶔哲趕緊將她放在胸膛的手給拿下，他哭笑不得地說：「允曦，現在這麼多人在，妳可不可以……」

「我很擔心你啊！」若允曦見他沒事才輕吐了口氣，緊繃的身體頓時之間放鬆許多，又說了一次，「我真的很擔心你……」

見到她擔心的神情，梁嶔哲凝視著她，「我沒事。」

「真的沒事？」

「嗯，真的。」

「你答應過我哦，有不舒服可是要老實跟我說的。」若允曦說。

「對，所以我真的沒事。」他再次說。

若允曦點了點頭，給他一個燦爛笑容。

也因為他們兩人之間不避諱的甜蜜互動，被一些眼尖的學生們看到了，在運動會結束後的幾天，學生們都知道了若允曦與梁嶔哲兩位老師在交往的事情。

英文課整堂都熱鬧，每位學生都好奇地要她講這則故事，若允曦哭笑不得，仔細想想，她還真是幸運，幸運酒醉那一天自己的對面坐的人是梁嶔哲，幸運自己高中時期在意過的學長就是他，幸運自己的初戀對象是他。

也幸運兩人有緣可以再度相遇。

她雙手盤在胸前，收起笑容，「再過半個多月就第三次段考了，你們應該把重心放在自己的課業上，不過……如果期間遇到了自己喜歡的人，要記得勇敢上前，除非你們跟我一樣幸運，會在未來的某一天與自己喜歡過的人相遇，不然，我比較建議大家好好把握起現在。」

學生們聽完後開始起鬨。

「老師，所以妳跟歷史老師是誰追誰？」

「在未來的某一天與自己喜歡的人相遇，是指歷史老師嗎？還是誰啊？」有學生這樣問。

若允曦看著底下學生們亂七八糟的猜測，她也沒有回答，直接說：「我話就點到為止了，別再問了。」

「想聽老師的故事啦！」有人起鬨。

她拍拍雙手，要大家把課本翻到某一頁，拿起粉筆直接開始在黑板上寫著上課內容，刻意忽略底下的躁動聲，沒有幾秒鐘，底下的學生各個安靜，開始靜靜地聽她上課。

不久，下課鐘聲響起，有學生不死心地上前追問，她擺了擺手，一律不回答。

對這些調皮的學生們來說，既然若允曦不說，那就從另外一位男主角梁嶔哲身上下手，可梁嶔哲只是笑著，面對於學生們的八卦問題他都沒有透露任何訊息，沒有承認也沒有否認。

「各位，我跟你們的英文老師並不是歷史上的某位皇上跟某位寵妃，不值得去探討我跟她之間的故事，考試並不會考這些呀。」梁嶔哲直接一句話送給學生們，學生們就此閉嘴。

歷史上某位皇上跟寵妃的故事，他們恐怕也沒有興趣知道吧。

終於來到學校的第三次段考，考完這次段考後，學校即將迎接寒假，這也是讓所有老師們可以鬆一口氣、身心皆放鬆的假期。

只是對於高三的導師們可沒有放鬆，因為寒假期間就要迎接著高三學生們的學測考試，有些導師在學測的那兩天會出現在考場上。

梁嶔哲是位負責任的導師，理所當然會出現在現場，倘若學生們遇到了什麼緊急方面的事情，他也可以即時提供幫助。

在考場上的梁嶔哲怕自己無聊，帶了一本書以打發時間，現場也有不少陪考的家長，這些家長們有時候會與他閒聊幾句，有時候是家長們互相討論起自己小孩在學校的表現，但梁嶔哲並沒有一起參與話題。

他一個人走到這所考場的迴廊處，通常學測地點都是某間高中校園，而這一次的考場剛好是他以前待過的母校，也是他與若允曦初次見面的那所高中，雖然若允曦與他相遇是在高中，但這段記憶對他來說並沒有很清晰，反而模糊不清的。

在高中的時候，他就經常經過這段迴廊，或走或跑的經過，周圍有些樹木的樹枝伸進了迴廊中，落下幾片枯黃的落葉，此刻整條迴廊安安靜靜的，若不是偶爾吹進的冷風，否則他真的以為這邊的時光就像被停止了一樣。

他捲起手上的書本，懷念似的緩慢走著，冷風偶爾迎面吹來，如冰刀一樣輕刮著他的臉，毛孔寒冷的緊縮起，走動的時候那些過去的回憶也隨著畫面而甦醒，他好像看到過去穿著高中制服的自己，有時候是一個人經過，有時候是跟班上的同學結伴一起經過……

頓時，他收回目光，因為他看到若允曦站在他的不遠處，那張小臉一看到他，臉上的笑容瞬間燦笑起，她朝著他揮手，小跑步地往他跑來。

「妳怎麼來了？」他有點訝異地看著她。

「來送東西給你呀，吼，你為什麼不接電話啦？我剛剛一直找你，學校都快被我繞一圈了。」

「我怕影響到學生們考試，手機關靜音。」梁嶔哲輕聲地說著，同時將口袋中的手機拿出來，一看，上面有兩通的未接來電，都是若允曦打來的。

他將手機放回外套口袋，雙手放在外套口袋中，動作恣意從容的看著若允曦的臉，今天他穿了一件黑色風衣，整個襯托他沉穩溫和的安靜氣質，也將他白皙的膚色襯出，顯得更慘白無色。

「允曦，妳找我有什麼事？」

「嶔哲。」若允曦喊他的名字，同時間手伸進她的包包裡撈著，她看著他，突然沒頭沒尾地說：「你今天穿黑色還真剛好。」

「什麼意思？」

「我覺得啊！黑色最配紅色了！」她從包包中拿出一條紅色的圍巾出來，嘻笑著將他脖子現在圍著的黑色圍巾給解開。

「怎麼有這條圍巾？」他不禁好奇地問。

「我織的啊！」若允曦邊說邊抬起下巴，有點得意，這條可是她花了一個多月的時間織好的，為了不想讓人發現她在織圍巾，她都在家裡織，每天下班回家只要吃完飯、洗完澡，她便將自己投入於織圍巾的大工程中。

此刻已經將他身上的黑色圍巾拿掉，梁嶔哲順勢著伸手接過，站在那乖巧柔順地讓她替他圍上那條紅色圍巾。

當若允曦將那條紅色圍巾圍好後，她一臉滿意地看了看他，「我覺得我的眼光真的不錯。」

「怎麼突然織圍巾給我？」他不禁笑著問，看到她脖子處空蕩蕩的，便將手上原本他圍上的黑色圍巾圍在她的脖子上。

「就……因為……」若允曦看著他幫她圍上圍巾，頓時之間有點不好意思。

梁嶔哲的動作小心翼翼的，就跟她剛剛幫他圍上圍巾時一樣，動作輕柔且小心，溫柔地對待對方。

若允曦看著他的溫柔雙眼，嘴角不禁翹起，她所認識的他一直就是個溫柔的人啊！

「因為什麼？」他歪頭看著她，等著她的答案。

「我之前看到林老師給你一條紅色圍巾……」

「但我沒收啊！」梁嶔哲直接打斷她的話。

「啊？」

「妳該不會以為我收了吧？我沒有收。」他看著她說。

「我……我沒有說我以為你有收啊……」若允曦說。

她的話聽起來有點閃躲的意味，梁嶔哲用手指輕點了點她的額頭，嘴角勾起，「吃醋啊？」

被點到的額頭處瞬間發麻，這裡好像是若允曦敏感之地一樣，任何的輕碰、或是輕吻，都能夠勾起她一點點的異樣感覺，讓她心顫、心麻。

若允曦摀住額頭，閃躲著他的手，「就算你那時候真的收了，我也不能說什麼啊！我們那時候又沒在一起，還有，我沒有吃醋。」

梁崁哲蹙眉，沉思了一下，「這麼說好像也是。」他摸摸下巴，「那早知道我應該收下那條圍巾才對。」

若允曦當然知道他這反應是故意的，睜大眼睛，微卷的睫毛漾出如蝴蝶翅膀的倒影，她燦笑，「不管你那時候有沒有收，反正你之後還是會圍我這條呀！」

梁崁哲聽了輕輕用手臂勾起她的脖子，將她勾向自己的懷中，眼中充滿笑意，「行，聽妳的。」

兩人走出迴廊處，此刻考場只開放高中部，顯得國中部空蕩蕩的，因為考場規定與管制，他們也無法進入高中部，便在國中部胡亂走著，最後，也不知不覺地走到了兩人初次相遇的地方。

若允曦的腳步突然停下，有點懷念似的看著周圍，當時自己就是站在這裡一個人孤單的徬徨無助，然後，梁崁哲的出現解救了她。

她轉過頭看向他，那曾經是高中時期他所站的地方，記憶中那有著稚嫩面容的記憶也浮現，若允曦想到這笑了笑，對著梁崁哲說：「學長，有沒有想起這裡是什麼地方？」

梁嶔哲看著她，沉穩的聲音吐出，「高中時期遇到妳的地方，是嗎？」說完，他輕聲嘆息，有點惋惜，「我自己是有印象幫助過一位迷路的學妹，但就是在這裡嗎？」

若允曦點頭，「是在這裡啊！」說完她目光看著天上，天上沒有任何一朵雲在，是一片純淨的白。

這片純淨的白，讓她想起了高中身上的那件純白制服，在高中以前她不曾在意過任何一個人，也沒有喜歡過任何一位異性，而梁嶔哲，這個人真的是無端的闖入她的青春裡。

她收回目光，看到梁嶔哲仍舊一副深思的模樣，不禁笑了，她朝他走近，輕拍了拍他的手臂，「想不起來就別想了，這份記憶只有我記得也沒關係。」

「但是，我孿想想起來的。」梁嶔哲對她這麼說。

若允曦愣了一下，隨即笑了笑，「我可不想讓你想起我高一時的蠢樣，那時候國中還有髮禁，畢業經過暑假我的髮型還是又呆又醜，所以這份記憶只要我有就好了。」

「妳這樣說，我就更想看了。」梁嶔哲握起她的手說。

「我才不要。」若允曦笑著回絕。

第十二章

梁嶔哲的心臟病雖然沒有再度復發，但經過種種的考量後，他還是決定要動手術了。

手術時間選在學生畢業後的幾天，故意會選在這期間，是因為在送走那批學生後，他覺得自己所背負的責任暫時減輕，可以心無旁騖的去接受手術。

家人的部分已經溝通好，當然也有告訴若允曦他的決定了，而若允曦雖然沒有反對，可自從知道他要接受手術，她便一副心事重重的模樣。

許多的同事，唯獨只有若允曦知道梁嶔哲有心臟方面的疾病，她這份心事就算想找對象傾訴，也不知道要找誰，只好一直藏在心中。

可林詩築卻看透了她的心思，經過幾天她也沒有向她提起，她便自己問了：「允曦，妳跟梁老師最近吵架啊？」

「沒有，我們沒有吵架。」若允曦眼神有點空洞，顯得心不在焉。

當她得知梁嶔哲決定要動手術過後，已經經過了一星期的時間了，這一整個星期她都心不在焉，經常發起呆來，說不擔心是假的，她很擔心他，但她卻又不敢將這份擔心表現出來。

「今天早上看到你們有說有笑的，我也覺得你們應該不是吵架，不然到底是發生什麼事情了？」

「我也不知道怎麼說。」若允曦嘆息，下一秒又抬起精神，手上批改的動作加快，但只維持十秒鐘而已，十秒過後，她的速度變慢，又開始一副若有所思的模樣。

「欸，朋友是幹麼用的？」林詩築突然問。

「啊？什麼朋友是幹麼用的？」無頭無尾地提問，若允曦一臉納悶看著她。

「朋友就是，可以一起聊韓劇內容的，可以一起罵某個討厭的人，也可以分享心事的，現在妳面前有一位妳傾訴的好對象，確定不跟我說說嗎？」

若允曦看著她，一時之間有些感動，出社會了還能遇到像林詩築這樣的好朋友，真的是很難得。她淺笑，希望她不要擔心她，「我真的沒事啦。」

林詩築看到她這樣，打從心裡不相信她口中所謂的沒事，於是趁著下課空檔，她直接找上梁嶔哲了，畢竟若允曦已經持續這樣很多天了，百分之百一定是發生了什麼事情才對啊。

梁嶔哲聽了林詩築的話，便也沒有多想的，直接告訴林詩築自己的病情以及自己要動手術的事，並希望她不要告訴其他人。

「我沒有想到她會這麼擔心我，這不像是我認識的她。」梁嶔哲說，他認識的若允曦一直是帶著陽光的人，憂愁並不適合出現在她臉上。

「你錯了，允曦表面上雖然直率可愛，可心思還是很細膩的，她也是個女人啊！會為自己喜歡的人擔憂難過，但卻又不敢讓你發現，這種心態我很了解的。」林詩築說：「不過跟你同事這麼多年，我竟然沒有發現你有心臟病，你隱藏的可真好。」

梁嶔哲笑了一下，垂下眼簾，沉浸在自己的思緒中。

回想起這幾天的若允曦，都表現得跟平常一樣，讓他沒有發現她的不對勁，他知道她會擔心，但沒有想到她這麼擔心。

若換個角度思考，今天生病要動手術的人若是若允曦的話，他也會替她擔心的。

下班時間，梁嶔哲與若允曦兩人簡單的在附近用了晚餐，晚餐過後，兩人牽手緩慢地走在路上，享受著這一份寧靜的兩人世界。

看著若允曦臉上的笑容，梁嶔哲知道那笑容是在勉強，她這樣子的笑容讓他感到有點心疼，就好像有根針插在心臟處一樣難受。

當初就是不想要看到她難過，所以那時候才想把她推開的啊！可是，如果當初自己真的絕情地將她給推離了，那他們真的就不可能會有交集在了。

他突然停下腳步，若允曦轉頭納悶地看著他。

「怎麼了？」她問。

他凝視她，緩慢道說：「允曦，關於手術，我知道妳很擔心我，我也知道就算自己叫妳別擔心了，妳還是會擔心……」

若允曦回看著他。

他的手輕放在她的髮梢間，溫柔地揉了幾下，表情顯得有點哀傷，看起來就像是春雪漸漸融化消失在這世界上一樣。

若允曦開口：「你總有一天會遇到、你總得面對的，不是嗎？可是，至少現在，我在這裡啊。」

至少，他不是一個人在面對。這是她想對他說的話。

梁欽哲的心中感到一片柔軟，手順了順她的髮，將她摟在懷中，「手術過後，我們結婚好不好？」

懷中的若允曦身子一震，腦中一片空白。

「哪有……人……這、這樣求婚……的？」

交往半年，也算穩定，從來沒有大吵過，偶爾只有拌嘴般的小吵，他們彼此相知相惜、彼此相愛，若允曦並沒有想到結婚這一步，當初只是覺得自己遇到了自己喜歡的人，然後在一起交往，雖然也到了這個歲數，可是，她還真的沒有想過自己的結婚對象有可能會是他。

「手術成功與失敗的機率各占一半，說不怕是騙人的，我也會怕，雖然我不該說這些話讓妳多想。」梁嶔哲將她越抱越緊，越想感受到她人正在他懷中的真實性，「可是跟妳結婚這個動力會讓我想趕快醒來看到妳。」

頓時若允曦眼淚滑落，「這是什麼求婚方式嘛……？」

「那手術醒來後再給妳一個正式的，好嗎？」他放開了她，看到她哭成淚人兒，伸手抹去她的淚水。

若允曦眼眶迷離，「你自己說的哦。」眼淚又滑落一顆。

「嗯，我答應妳。」他說。

「那結婚這個答案，等你手術後我再回答你，好嗎？」

梁嶔哲在若允曦的眼中看到了自己的影子，頓時之間他的雙眼閃爍了一下，聲音沙啞，「……好。」

低頭吻上她的唇，不再是以往輕吻，而是夾雜著眾多想念與情感的深吻，打從心中真的很想將她整個人放進自己的口袋深處，別讓其他人覬覦碰觸，她只能是他的，不能被別人給搶走。

過不久，鳳凰花開了，一朵又一朵橘紅似火的花綻開，將校園染上了燦爛花火，也彌漫著即將分離的傷感，在送走了高三那一批的畢業生後，梁崁哲也向學校請了長假。

在入住醫院的時候，若允曦陪在他的身邊，確認了手術時間後，若允曦回到學校，發現梁崁哲在手術當下時自己必須要教課，只好祈禱著他的手術能夠順利。

強迫自己別多想，若允曦專注於自己的課程中，在上課期間還是認真的教課，並解答學生們的提問，在下課時間她無時無刻地注意著手機，想知道醫院那邊有什麼消息過來。

每分每秒她都如坐針氈，時間過得好緩慢，每一秒的時間都被奪去一些氧氣似的，她覺得好喘、好難熬，呼吸的節奏整個混亂。強迫自己做了一次深呼吸，趁著沒有課程的時候她站在洗手台那洗著手，冰涼的水沖洗著她的手指，她人卻好像失去了靈魂，神情空洞望著遠方的天空。

「若老師，妳幹麼呀？怎麼了？」林芯涵經過的時候看到她失神的模樣，上前詢問。

若允曦看向她，林芯涵會關心起她，這倒是讓她有點驚訝。

林芯涵打開她隔壁的水龍頭洗著手，動作慢條斯理，「不知情的人還以為妳失戀了呢！梁老師只是請個長假而已，不是嗎？不過……是不是發生什麼事情了？為什麼梁老師他突然請長假？」不同於上次的運動會，這回她倒是察覺到了什麼。

若允曦微笑，她自知梁嶔哲不想把他生病的事情讓太多人知道，所以她說：「妳想太多了，他只是回老家。」

林芯涵一臉狐疑，她不相信若允曦所說的話，但並沒有追問下去。

有些事情不想讓其他人知道，這是正常的，只是沒有想到自己在他們想法中依舊是歸類在『其他人』中。

好歹也與梁嶔哲認識許久，林芯涵她突然覺得有些不甘心，可是輸給若允曦，她卻又覺得自己本該就是會輸。

若允曦的心思比她想像中還要細膩，要不是她是以情敵的角色認識她，說不定她們能夠當好朋友。

「有事情需要幫忙，盡量開口。」她看著若允曦說：「妳懂我意思吧？別對我客氣。」

若允曦愣了，隨後牽起笑容，「那我先謝謝妳了。」

然而，忐忑不安的心持續到傍晚都還沒有消逝，看著手機，梁嶔哲那頭一直沒有消息，若允曦擔心的連晚餐都吃不下，就連就寢時間到了也都無法入睡、輾轉難眠。

明天還有課程要上，她得強迫自己入睡才行，最後也許是因為疲累的關係，她不知不覺中睡著，甚至做了個奇怪的夢，但醒來後卻又忘記夢的內容。

時間是早晨五點多，若允曦下意識的點開訊息，還是沒有梁嶔哲的訊息，她告訴自己，沒有消息就是好消息，若真有什麼壞消息，她應該早就收到了才對。

喜歡一個人，心思都被對方牽著走，如同高中那青澀的時期，她的目光總是在茫茫人海中找尋著梁嶔哲這個身影。若說他是太陽，那她肯定是朵向日葵，瞻望著他的耀眼光芒；若說他是地球，那她肯定是顆月球，圍繞在他的身邊近距離獨賞他的湛藍璀璨。

終於在下午的時候，若允曦收到了來自梁嶔哲弟弟的消息，說手術順利結束，當下這一剎那，若允曦心中那一直懸在半空的大石頭終於放下來了。

又隔了一天，梁嶔哲親自打電話給她，讓她聽見他的聲音。

若允曦在電話的另外一頭，那屬於他的聲息從另外一頭傳來，震動著她全身的神經，讓她不禁感動落淚。

她，好想他啊……好想好想他啊……

如果此刻可以化為風，她一定馬上奔到他的身邊去。

暑假縱使結束，但炎熱並沒有消逝，轉眼間，若允曦在這所學校即將待滿一年。

林詩築在新學期接了導師班，所以她的位置搬到導師辦公室那，而林芯涵則是搬到林詩築原先的位置那，梁嶔哲也搬來了這間辦公室，而位置是在若允曦的後方。

看到林芯涵一一的把東西搬過來，若允曦很想上前幫忙，但卻又不知道從哪開始，只好在座位上看著她。

「要幫忙嗎？」她開口問。

林芯涵則是淡淡的看了她一眼，搖了一下頭，「沒關係，我已經請人幫忙了。」

爾後，梁嶔哲替她搬了一箱文件夾過來，他看著她，「只有一箱吧？」

「對啊！只有一箱。」林芯涵看向若允曦，「借妳男朋友一下，妳應該不會生氣吧？」言語中有著挑釁，也不知道是故意的還是有意的。

若允曦搖搖頭，失笑地說：「我有這麼小氣嗎？」

「我知道妳不小氣啊！所以我才敢借來用。」林芯涵說著的同時刻意營造出高傲的模樣，若允曦蹙眉，見此她笑著說：「反正，妳也只能借而已啊。」

林芯涵無語地瞪向她，梁嶔哲則是挑眉，下一秒鐘笑了出聲，還真沒想到若允曦也有這一面，但兩位女人之間的戰爭火花並沒有點燃，林芯涵送她一個白眼，而若允曦隨後被梁嶔哲拉出辦公室外。

在拉她走出辦公室前，他轉頭給了林芯涵一個眼色，而若允曦並沒有發現。

「怎麼了？」被拉出辦公室的若允曦一頭霧水看著梁崁哲，而且也不知道是不是錯覺，總覺得辦公室裡老師們的目光都在他們身上，只是談個戀愛而已，她也不想高調啊。

「怎麼了？為什麼突然把我叫出來？」若允曦納悶。

「妳——」梁崁哲見狀輕吐了口氣，「妳沒生氣吧？」

「生氣什麼？」她納悶。

「就——」

「什麼啊？我是個這麼容易生氣的人嗎？」若允曦覺得他有點好笑，還故意伸手摸摸他的腦袋，「腦袋沒事啊！哈哈。」她莞爾。

梁崁哲看著她，將她的手拿下並緊握住，微笑說：「沒生氣就好。」

經歷一場手術，也算是經歷了人生中的一道難關，當時心裡的恐懼感與絕望感讓他害怕，深怕一閉上眼睛，就永遠的處在黑暗中了。如今，能夠看見陽光，看見眼前亮眼的她，有好幾個時刻他都還以為自己是在作夢。

他凝視著她，那眼神像是想將此刻的她烙印在腦海中一樣的深，若允曦見狀，知道他又在恍神了，便回握住他的手，手指微微施予力道，加重的力道讓他蹙眉，最後忍不住哀叫，惹得若允曦燦笑出聲。

「挺痛的欸！」他忍不住哀怨。

「痛才好啊！不就表示現在是真實的嗎？」她收回力道，自從梁嶔哲從醫院回來後，有好多個時刻他都會失神，也許過一陣子就會好起來吧，她想。

兩人雙手相握，站在矮牆處觀望著底下的學生。

新學期新氣象，一切又是新的開始，看到高一班級那一些稚嫩的面孔，若允曦想到當時的自己。

「看到這些新生我就想到以前，我挺討厭以前那個冒失的自己，覺得有夠丟臉的，當時開學的時候竟然走到國中部去。」

「那妳應該感謝那個冒失的自己。」梁嶔哲朝著後方看了一眼，目光又飛快的移到若允曦的身上。

「幹麼感謝？都丟臉丟到太平洋去了，但我得到一個教訓，以後只要去一個新環境，我都會先做足功課，以免迷路。」若允曦說。

梁嶔哲看著她，目光柔情，「若妳不冒失，怎麼會對我一見鍾情？」

若允曦微愣，下一秒燦笑，「夠了哦？真是的。」總是愛說一些甜蜜話語來撥弄她的心弦。

但他說的也沒有錯，倘若當時自己沒有迷路不小心誤闖國中部，也不會開始在意起這個替她指路的學長，更不會有後續的事情發生了。就算可能還是會在這所學校相遇成為同事，但會像現在這樣在一起嗎？這真的很難說。

緣分就是這麼奇妙吧？

遠方的上課鐘聲響起，原本吵雜的校園頓時間安靜。

「那你現在，能夠搞清楚……心臟病發作跟心動之間的差異了吧？」若允曦笑著問。

梁嶔哲看著她的眼，輕笑了一聲，「別取笑我了，這兩者我本來就分得很清楚。」說著的同時，他另外一隻手悄悄在口袋中撈了撈，最後撈出一枚戒指，先是猶豫，最後吐了口氣，原本相牽的那隻手轉了個角度，下一秒他便在若允曦的無名指套上戒指。

若允曦愣住，看著手上戒指發愣，一時之間她反應不過來，一雙眼睛清澈的看著梁嶔哲，他一手托著腮幫子，側著身看向她，臉上始終是溫暖的微笑。

「該回答我了吧？我的新娘。」

「你……」若允曦實在哭笑不得，也不看看現在是什麼場合？今天是學校的開學日，經過一個暑假，所有的學生都回來了，老師們也回學校了，而他，竟然在這時刻拿出戒指，差只差在下跪了，倘若真的下跪，豈不是到最後全校都知道了嗎？

最後她說：「戒指挺漂亮的，但你問都沒有問我，就不怕我不答應嗎？」

梁嶔哲將她摟在懷中，吻了她的髮，「妳能不答應嗎？」他那嗓音一波又一波的像魔音一樣震動著她，惹得她的心跳也被擾亂。

「你……」這很有自信的回答真的澈底讓若允曦啞口無言。

她看著戒指，另外一隻手在戒指上轉了轉，梁嶔哲看到便扯了她的手，有點緊張地問：「妳該不會想拔掉吧？」

若允曦挑眉，「你怕啦？」原本只是要鬧一下他，得逞後她不禁得意。

梁嶔哲在她的眼中看到笑意，雙手握著她的手，突然間單膝跪下，這動作惹得若允曦不禁驚呼出聲，「喂！你——」她聲音變小，「你起來啦！」

現在是上課時間，走廊上並沒有任何人，而在辦公室裡的老師也都沒有人走出來，就好像現在這舞台是為他們兩人設計的。

「梁嶔哲，你不要鬧啦！」若允曦跟著蹲下，一個男人單膝跪著，一個女人蹲下，這畫面看起來挺違和的。

突然間，輕咳一聲，若允曦看到林詩築不知何時出現在她的身後，手上還抱著一大束玫瑰乾燥花，她朝著她微笑，伸手將她從地上拉起，「妳跟著跪下幹麼呀？」

「啊？」若允曦愣住。

林詩築臉上的笑容更加深，「人家要向妳求婚，妳跟著跪下做什麼？」

轉頭才發現，辦公室裡的每位老師都站在窗邊含笑凝視著他們，有些老師則是直接站在他們身後。

「求……婚？」若允曦傻愣住，身子就這樣被林詩築給拉起站好。

他還真的是要求婚，而不是鬧她的啊？

「求婚啊！不然呢？不過哪有人先套上戒指啊？」林詩築將花束遞給梁歆哲，「這順序搞錯了吧？」

「我……」梁歆哲輕笑一聲，「我緊張啊……」他的手就這樣輕握在若允曦那戴著戒指的手指上，含笑且真誠的凝視著她，修長的手指輕輕揉起她的手指。

若允曦看著他，明明他還沒有開口說些什麼，可是她就是懂他。

這個男人，願意為她撐起一片藍天，綻放著永遠的湛藍，如春風般的暖，溫柔地將她捧在手掌心上疼愛。

若允曦勾起笑容，「我以為除了接受手術，我不會在你身上看到任何的緊張。」

「因為是妳啊！」梁歆哲笑著，「願意嫁給我嗎？」

簡短的話，就是因為他懂她，她也懂他，不需要任何多餘的贅詞或是夢幻的誓言，這些都不需要。

若允曦笑容加深，俏皮地說：「我可以考慮一下嗎？」

「不行，我不想再給妳時間考慮了。」都已經考慮整個暑假了，是還要考慮什麼？時光不允許他錯過了。

「那我就只能——答應囉。」若允曦雙手握住梁嶔哲，將他從地上拉起，這場求婚非常簡易，但滿滿的心意她感受到了。

「哇！恭喜啊！」熱情的林詩築拍手喝采，周圍的老師們也都拍手，每個人的表情都是開心喜悅的，果然喜悅是會傳染的。

林芯涵站在一旁跟著拍手，也不禁跟著笑起，她是真的放下了，所以是真心祝福他們的。

「謝謝大家，謝謝大家的祝福。」梁嶔哲溫和笑起，客氣地向大家道謝。

林詩築卻說：「咦？就這樣？這樣就結束了？親一下啊！讓我們眼睛吃冰淇淋一下！」

「詩築！」若允曦瞪向她。

梁嶔哲摟著她的肩膀，臉湊近輕輕的吻著她的臉頰，算是給個交代，卻被其他人噓聲。

「噓——」

「是男人就用力親上好嗎？」竟然有人這麼說。

若允曦無言看著那位發聲者，是平常跟梁嶔哲不錯的一位同事。她輕吐了口氣，看向梁嶔哲，他臉上仍是微笑，於是她也笑著，臉緩慢湊近，閉上眼睛後雙唇相貼，流連於對方的唇，化為綿綿密密的吻。

眾人起鬨，但礙於現在是上課時間，這起鬨聲很快的就結束。

若允曦看著手上的戒指，戒指因為陽光的反射閃爍了一下，猶如星子一樣，「所以我現在是梁太太囉？」

「還是妳要我入贅？」梁嶔哲問。

「哈哈，你若成為若先生，好像也挺不錯的。」她看著他笑。

「別鬧了，梁太太比較好聽。」他揉揉她的髮，兩人完全沉浸在自己的世界中，周圍的人紛紛散去。

時光匆匆，人生中會遇到很多人，大多都是匆匆而走的過客，但所謂的緣分就是，這些曾經的過客會在未來的某天，突然又出現在妳面前，讓妳只為他而心動。

後記

這本其實是多年前的作品，但還是很高興能以實體書的方式呈現給大家。

不知道大家當遇到初戀的時候，會有什麼樣的想法呢？

如果當時沒有任何的行動，沒有與對方在一起過，肯定是充滿遺憾的吧？

人生擁有很多遺憾，每一份遺憾心中都會有許多：「早知道……」、「如果當時……」等等的想法，就如同女主角若允曦，一開始的她猶豫不決，遲遲沒有任何動作，東想西想，不管怎麼想，所有的行為就是跟高中時期的她一樣。

高中時期的她有著遺憾，社會時期的她如果依舊一樣，那遺憾肯定再度來臨，於是她選擇做出了改變，勇敢踏出那重要的一步。

期許大家當遇到自己喜歡的人時，也要好好的把握當下哦！千萬別讓此事成為了遺憾。

倪小恩　二〇二四年一月十二日

要青春113　PG3019

要有光 FIAT LUX

心動宣言

作　　者　倪小恩
責任編輯　吳霽恆
圖文排版　許絜瑀
封面設計　也　津
封面完稿　張家碩

出版策劃　要有光
發 行 人　宋政坤
法律顧問　毛國樑　律師
印製發行　秀威資訊科技股份有限公司
114台北市內湖區瑞光路76巷65號1樓
電話：+886-2-2796-3638　傳真：+886-2-2796-1377
http://www.showwe.com.tw
劃撥帳號　19563868　戶名：秀威資訊科技股份有限公司
讀者服務信箱：service@showwe.com.tw
展售門市　國家書店（松江門市）
104台北市中山區松江路209號1樓
電話：+886-2-2518-0207　傳真：+886-2-2518-0778
網路訂購　秀威網路書店：https://store.showwe.tw
國家網路書店：https://www.govbooks.com.tw
總 經 銷　聯合發行股份有限公司
231新北市新店區寶橋路235巷6弄6號4F
電話：+886-2-2917-8022　傳真：+886-2-2915-6275

出版日期　2024年4月　BOD一版
定　　價　300元

讀者回函卡

Printed in Taiwan

國家圖書館出版品預行編目

心動宣言 / 倪小恩著. -- 一版. -- 臺北市：
要有光,2024. 04
面；　公分. -- (要青春113)
BOD版
ISBN 978-626-7358-20-7 (平裝)

863.57　　113002200